AF322617

Juego de dos

ALI HAZELWOOD

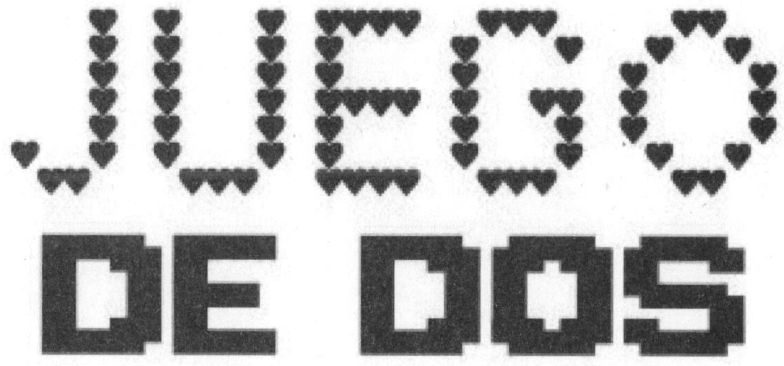

Traducido del inglés por Nerea Gilabert Giménez

Título original: *Tow Can Play*

Publicado primero por Spotify Audiobook
Derechos de traducción acordados mediante Sandra Dijkstra Literary Agency
y Sandra Bruna Agencia Literaria, SL.
Todos los derechos reservados.

Primera edición: marzo de 2026

Reservados todos los derechos. El contenido de esta obra está protegido por la Ley, que establece penas de prisión y/o multas, además de las correspondientes indemnizaciones por daños y perjuicios, para quienes reprodujeren, plagiaren, distribuyeren o comunicaren públicamente, en todo o en parte, una obra literaria, artística o científica, o su transformación, interpretación o ejecución artística fijada en cualquier tipo de soporte o comunicada a través de cualquier medio, sin la preceptiva autorización.

Copyright © 2024 by Ali Hazelwood
© de la traducción: Nerea Gilabert Giménez, 2026
© Contraluz (GRUPO ANAYA, S. A.), 2026
Calle Valentín Beato, 21
28037 Madrid
www.contraluzeditorial.es

ISBN: 979-13-87810-45-0
Depósito legal: M. 394-2026
Printed in Spain

Capítulo 1

♡♡♡♡♡

—Empecemos con las buenas noticias —dice Mike, y yo inmediatamente me aferro al borde de la mesa de reuniones para prepararme.

Es la combinación específica de palabras («empecemos» y «buenas») lo que hace que me entren ganas de salir corriendo. Implica que luego vendrán más y que lo más probable es que sean malas, y nadie quiere oírle decir eso al director general del estudio independiente de videojuegos para el que trabaja. Mi mente, a menudo propensa a malpensar y a darles demasiadas vueltas a las cosas, no puede evitar ponerse en lo peor.

Caída de las ventas. Quiebra inminente. Despidos masivos.

En la calle, arden los contenedores de basura.

«Siempre puedes volver a casa y quedarte conmigo unas semanas mientras recuperas la compostura y buscas un trabajo de verdad». En mi cabeza, oigo la voz preocupada de mi madre con nitidez, probablemente porque la semana pasada fue Acción de Gracias y tuvo la oportunidad de recordarme sus argumentos varias veces durante las cinco horas que duró la cena. «Venga ya, Viola, ¿en serio crees que a largo plazo diseñar videojuegos te va a dar para pagar las facturas?».

Y, sin embargo, cuando echo un vistazo a la sala, el resto del equipo irradia entusiasmo, mucho entusiasmo, y nada de pánico. Eso reduce mis ganas de salir corriendo. Está claro que estoy siendo una exagerada. A FlyButter Studios le va muy bien. De hecho, mejor que nunca. Hace seis meses lanzamos el juego que más éxito ha tenido hasta la fecha, del que se han vendido millones de copias. Yo fui una de las diseñadoras principales. Tengo el puesto de trabajo más asegurado que nunca.

Por no mencionar que una importante distribuidora de videojuegos estadounidense nos acaba de pedir que presentemos una propuesta para...

—StarPlay ha respondido a nuestras ideas para *Limerence 3* —anuncia Mike. Recorre las caras de todos los asistentes con la mirada hasta fijarse en mí. Tiene sentido, ya que soy la responsable de ese proyecto. Sin embargo, no me termina de gustar la pausa dramática de tres segundos que hace mientras yo estoy ahí, sentada en el borde de la silla, pensando en si estrangularlo o no. Hasta que continúa—: Y creen que somos las personas adecuadas para desarrollar el nuevo videojuego.

De repente, la sala de reuniones se convierte en Coachella. El equipo principal de FlyButter es pequeño; somos menos de diez personas, pero nuestra capacidad para hacer ruido cuando hay algo que celebrar es impresionante. Todos aplauden y silban. Uno de los programadores incluso se levanta para marcarse un bailecito. Es raro vivir un momento de alegría como este en un trabajo que se basa en ingerir bebidas energéticas a altas horas de la noche mientras lloramos sobre un teclado ergonómico.

—Sobra recordar que la saga *Limerence* está muy pero que muy cotizada —sigue diciendo Mike una vez que los vítores han amainado— y que StarPlay se ha puesto en contacto con otros estudios aparte del nuestro. Así que el hecho de que hayamos conseguido impresionarlos con nuestro trabajo dice mucho de vuestro talento.

Cruzo una mirada con Ethan. Al igual que yo, él se encarga de diseñar los videojuegos y somos amigos íntimos desde el primer año de universidad, cuando casi suspendemos una asignatura de desarrollo de *software* porque estábamos demasiado ocupados... hablando de videojuegos, principalmente.

Él sabe mejor que nadie en esta sala que los libros de la saga *Limerence* eran mis favoritos cuando era pequeña. Algunos de mis recuerdos más preciados son de mi padre leyéndolos en voz alta y señalando las ilustraciones en blanco y negro de las primeras ediciones; y, casi dos décadas después, cuando su vista empeoró, de yo haciendo lo mismo por él. Cuando Ethan y yo nos enteramos de que StarPlay, la distribuidora que posee los derechos, estaba pensando en desarrollar la tercera entrega de la serie de videojuegos basada en la saga, inmediatamente comenzamos a insistir para que nos tuvieran en cuenta.

Puede que fuera yo quien tomara la iniciativa a la hora de desarrollar una propuesta para este proyecto, pero Ethan estuvo a mi lado en todo momento. Hemos pasado muchas madrugadas y noches en vela para cumplir con el plazo; tantas que los compañeros de FlyButter han empezado a preguntarse si estamos liados en secreto, pero ahora sabemos que todo ese esfuerzo ha valido la pena.

Ethan me sonríe y levanta la mano para chocar los cinco. Yo le devuelvo el gesto, eufórica, hasta que Mike interrumpe el alboroto para añadir:

—El problema es que…

Me pongo tensa y vuelvo a aferrarme a la mesa. Aquí viene la mala noticia.

—StarPlay quiere hacer algo diferente a los dos primeros juegos. El público ha cambiado, la tecnología ha evolucionado, el mercado se ha expandido, bla, bla, bla. Están pensando en añadir ciertos elementos de combate, lo cual… Bueno, no hace falta que os diga que nuestro punto fuerte es más bien la parte del rol. —Se rasca la nuca, como si lo que está a punto de decir le estuviera provocando urticaria—. Como he mencionado antes, había otros estudios compitiendo por desarrollar la saga *Limerence.* Uno de ellos es Nephilim Studios y, como todos sabéis…

Un fuerte resoplido lo interrumpe. También se oyen varios gruñidos, un «los imbéciles esos» y una oleada de murmullos que expresan diversos grados de descontento. El responsable del control de calidad parece a punto de soltar un escupitajo ante la mención de Nephilim. Echo un vistazo a la sala, medio esperando que alguien se santigüe, pero Mike extiende los brazos para acallar las protestas y sigue:

—Como todos sabéis, Nephilim ha lanzado hace poco *La espada de Zephyr,* que se ha convertido en el juego de combate del año. Obviamente, no tienen tanta experiencia como nosotros en lo que se refiere al diseño de rol, por lo que StarPlay ha tenido la idea, eh..., poco ortodoxa de preguntarnos si nos parecería bien colaborar con ellos y...

—No. —Shannon, la diseñadora de personajes, se levanta de la silla de un salto como si la acabaran de electrocutar. El resto de mis compañeros se quedan sentados, pero niegan con la cabeza, fruncen los labios, ahogan gritos y...

—Silencio —ordena Mike, y la sala se queda muda. Suele ser un jefe relajado y tranquilo, pero ahora mismo está mirándonos con una expresión tan severa que hasta da miedo—. ¿Es necesario recordaros que somos un estudio de tamaño medio? Ahora no estamos en números rojos, pero cada vez que desarrollamos un juego nuevo corremos el riesgo de que no triunfe y acabemos en bancarrota. ¿Sois conscientes de lo que supondría contar con los fondos de StarPlay? Producir la tercera parte de la saga de *Limerence* nos solucionaría la vida durante años. Así que, si no te importa, Shannon, vuelve a sentarte.

Shannon obedece de mala gana. La sala se queda en silencio y Ethan coge su taza con más fuerza, como si estuviera pensando en lanzarla al otro lado de la habitación. En vez de eso, con un tono sorprendentemente calmado, dice:

—La cuestión es que conocemos a la mayoría de los que trabajan en Nephilim. No son precisamente... Digamos que hay un pasado.

—Lo sé. Y StarPlay también está al tanto. Igual que Otto, el director de Nephilim. —Mike menciona ese nombre como si nada; como si no supiéramos todos que Otto y él llevan una década siendo follamigos. En los hoteles, se los ve escabulléndose hacia la habitación del otro una media de una vez por convención. Bueno, Mike se escabulle. Otto se limita a caminar y pavonearse, casi siempre con una caja de condones en la mano—. Es una industria pequeña —continúa— y algunos de vosotros habéis… trabajado con empleados de Nephilim en el pasado, habéis tenido relaciones amorosas o —mira de reojo a Shannon— de otro tipo con ellos. Es normal que os preocupe que nuestros equipos no sean compatibles, por eso hemos estado discutiendo de qué forma comprobar si sería posible tirar adelante con esta colaboración. Y se nos ha ocurrido una idea. —Toma aire para reunir fuerzas—. Hace unas semanas, os pedí que os reservarais unos días a mediados de diciembre para un retiro en equipo.

—No… —susurra Shannon, negando con la cabeza.

A su lado, Ethan se tapa la boca. Mila, nuestra diseñadora de sonido, parece estar a punto de desmayarse. Todos los demás parpadean en un silencio atónito.

—Sí. Hemos decidido que el equipo principal de Nephilim venga con nosotros a la casa rural y…

—Pero ¿por qué? —pregunta Shannon.

—Y veremos si podemos llegar a un punto en el que sea viable una colaboración profesional. Tendremos unos días para centrarnos en fomentar el espíritu de equipo, el trabajo grupal y cosas por el estilo. No me hagáis usar la palabra «sinergia», todos sabemos que no tengo ni idea de lo que significa —dice con expresión de tormento.

—¿Y si…? —Mila carraspea—. ¿Y si, tras llegar a la casa rural, descubrimos que todo es una artimaña que han orquestado para extraernos los órganos y venderlos en el mercado negro? Conociéndolos, es una posibilidad.

Mike suspira.

—Dado nuestro estilo de vida, dudo que nuestros riñones tengan mucho valor en el mercado negro. O en cualquier otro.

—¿La casa rural es lo bastante grande para todos? —pregunta un diseñador de niveles—. Si falta espacio y alguien tiene que quedarse en casa, yo me ofrezco como…

—Lo es, pero buen intento.

—¿Y si cae una gran nevada y nos quedamos aislados con ellos allí? —pregunta Mila—. ¿Y si nos hacen lo mismo que en *El resplandor?* ¿Y si acabamos juntos en el jacuzzi y uno de ellos se tira un pedo por joder y…?

—Ya basta. Fin de los *fan fiction* sobre Nephilim. —Mike apaga el monitor y desconecta el iPad—. El mes que viene, retiro en la casa rural. Serán un par de días dedicados a reparar esta extraña enemistad que hemos desarrollado con Nephilim. Quiero que os hagáis amigos. O, siendo más realistas, quiero que actuéis como tal hasta que se haga realidad. Y que evitéis altercados físicos. Tened en cuenta que cualquier enfrentamiento puede hacernos perder la oportunidad de trabajar en *Limerence 3.* —Se pone de pie y apoya las manos en la mesa de reuniones—. Esquiaremos un poco, nos sentaremos delante de la chimenea a beber alcohol caro pagado por StarPlay y, cuando volvamos a casa, seremos todos amigos íntimos, viviremos felices y comeremos perdices. ¿Estamos? Pues venga, se levanta la sesión. Volved al trabajo. —Da una palmada—. ¡Vamos, vamos!

Hay que reconocerle a Mike su capacidad para permanecer impasible ante las miradas asesinas que le lanzan todos mientras salen de la sala arrastrando los pies y murmurando cosas como «despiadados amos del imperio corporativo» o «como si no supiéramos que entre él y Otto hay tomate» o «pienso rayarle la PS5».

Yo me quedo en mi asiento, mordiéndome el labio inferior e intentando encontrarle el lado positivo a lo que se ha dicho en estos últimos diez minutos.

Lo importante es que no me van a despedir. Todo lo demás ya se irá viendo sobre la marcha.

Sin duda.

Quizá.

Espero.

No hay por qué pensar que no va a salir todo bien.

Está claro que trabajar en mi saga favorita iba a ser mi mayor logro profesional y que por eso ahora me siento como si alguien se hubiera meado en mi cara, pero…

—Gracias, Viola.

Levanto la vista bruscamente al oír a Mike pronunciar mi nombre.

—Me alegro de que al menos una persona no esté siendo catastrofista. —Me sonríe—. Sé lo importante que es *Limerence* para ti. Eres la única en quien puedo confiar que se va a comportar de manera civilizada.

Trago saliva. Intento encontrar las palabras para responder, pero no se me ocurre nada.

—Estás un poco pálida. —Mike frunce el ceño—. ¿Va todo bien?

—Por supuesto. —Esbozo una sonrisa a medias, cojo mi portátil y me levanto de un salto. Al salir por la puerta, incluso logro decir—: Todo va a las mil maravillas.

Capítulo 2

Todo va como el culo. Como el putísimo culo. Nada de mil maravillas.

Porque la cuestión es que, si tuviera que transcribir la lista de trifulcas interpersonales entre los empleados de Nephilim y los de FlyButter, gastaría uno de esos rollos de papel higiénico infinitos y llenaría un esquema de interacciones digno de una novela de Dostoievski.

Otto una vez llamó «papanatas» a nuestro programador de herramientas ante un público de miles de personas. Mila estuvo comprometida con uno de sus ilustradores 3D. Ethan renunció a los tres meses de empezar a trabajar en Nephilim debido a «diferencias de opinión» sobre lo que son unas condiciones de trabajo dignas. Shannon se emborrachó en la GameCon y tuvo un altercado físico con un programador de IA que la llamó «programadora de espaguetis». Kai, uno de nuestros programadores, notó que le empezaban a desaparecer misteriosamente las cartas del buzón cuando un productor de Nephilim se mudó a su bloque de apartamentos.

Y esto ni siquiera se podría considerar un resumen exhaustivo de las variopintas razones por las cuales nuestros estudios están enfrentados.

Por ejemplo, pasa por alto de forma deliberada lo que pasó entre Jesse Andrews y yo.

A decir verdad, no tengo claro si se puede decir que pasó *algo.* A medida que se acercan las vacaciones en la nieve, intento convencerme de que la tensión entre Jesse y yo no es sino un reflejo de nuestro espíritu competitivo. Al fin y al cabo, ambos somos diseñadores de videojuegos y ambos somos muy buenos. Tenemos más o menos la misma edad e intentamos aportar cosas nuevas y creativas a la industria. Hemos ganado premios, hemos llegado a dirigir equipos, nos hemos labrado cierta reputación. Sería raro que no hubiera un poco de rivalidad.

Pero pasa que no es eso. Por mucho que me gustaría fingir que este mal rollo entre nosotros es a causa de que nos comparamos demasiado, Jesse se especializa en el campo de la acción y la aventura, mientras que yo destaco en la creación de personajes y tramas. Cada uno ocupa un lugar distinto en el sector y, si yo soy consciente de ello, también lo es el señor «apunta y dispara».

Nos conocimos hace seis o siete años, cuando me presenté a mi primer puesto para entrar en la industria. Si no me falla la memoria, esa interacción no fue desagradable. Solo recuerdo que acababa de salir de la universidad y que estaba en la última fase de un proceso de selección para una pequeña empresa de software aquí en Seattle. Jesse ya trabajaba ahí como desarrollador y se levantó para estrecharme la mano en cuanto entré en la sala de reuniones.

Al principio, apenas le presté atención; solo me quedé con que era un hombre de cabello oscuro que llevaba unas gafas de montura gruesa. Tenía migraña por haberme quedado despierta casi toda la noche preparándome, y el papel de Jesse parecía ser el de asistente del director general de la empresa, que era quien hacía todas las preguntas. Yo estaba allí para demostrarle a mi madre que era posible ganarse la vida «jugando al Mario Kart» (así lo llamaba ella), por lo que estaba decidida a cautivar al jefe de Jesse, pero no hubo suerte.

Tampoco es que me diera mucha pena, y menos después de que ese imbécil dijera que mi porfolio era demasiado «femenino» y que con eso no llegaría muy lejos, se riera y me preguntara si de verdad me gustaban los videojuegos o si solo quería impresionar a mi novio.

Hay que reconocer que Jesse me defendió.

—Eso ha sido muy poco profesional. E innecesario —le dijo a su jefe con seriedad. Era la primera vez que hablaba desde que había comenzado la entrevista.

Sin embargo, yo ya me había levantado para marcharme, y ni por cien kilos de lana dorada procedente de treinta llamas mágicas me habría quedado a trabajar para ese impresentable.

Así que cogí la puerta y me fui. Jesse me siguió; eso lo recuerdo. Corrió tras de mí con sus largas piernas y, cuando me alcanzó, se paró enfrente con una mirada de preocupación. Me preguntó si estaba bien y se disculpó en nombre de... los hombres, supongo. Acepté sus disculpas y es posible que me pasara los siguientes veinte minutos desahogándome con él. Me escuchó pacientemente, me dio algunos buenos consejos sobre mi porfolio y me habló de un nuevo estudio de videojuegos que tenía vacantes abiertas: FlyButter. *Al fin un ser humano decente en esta industria tan podrida,* me dije a mí misma. Le di las gracias, me despedí y no volví a pensar en él hasta más o menos un año después, cuando nos cruzamos en una convención de videojuegos.

Para entonces, la empresa con la que había hecho aquella desastrosa entrevista había quebrado. Al final resultará que sí existe un dios justo y bondadoso. En ese momento yo ya trabajaba para FlyButter, mientras que Jesse se había convertido en diseñador jefe de Nephilim y cada vez tenía más reputación de superestrella de los juegos de acción y aventura en tercera persona. El segundo día de la convención, lo vi en una mesa redonda en la que iban a hablar sobre retrocompatibilidad. En un momento dado, se levantó de la silla para cedérsela a un hombre mayor del público.

Lo reconocí al momento.

Seguía llevando las gafas de pasta con la misma montura oscura y cuadrada. Sin embargo, tenía el pelo más corto, con un peinado fácil de mantener. Era alto, incluso más de lo que recordaba, y vestía vaqueros y una sudadera oscura; el mismo uniforme que todos los chicos que asistían al evento. Yo estaba de pie al fondo de la sala con los brazos cruzados y, mientras lo observaba, me di cuenta de algo a lo que no había prestado atención durante nuestro primer encuentro.

Jesse Andrews era guapo.

Muy guapo.

Guapísimo, de hecho.

Me molesta que haya ese estereotipo de que la mayoría de los *gamers* somos trols que vivimos en sótanos y guardamos un cubo para orinar debajo del escritorio; criaturas horripilantes que no tienen más remedio que refugiarse en los ordenadores. Lo cierto es que solemos tener un aspecto normal. Jesse, sin embargo, se salía un poco del molde.

Durante mis dos años en la industria de los videojuegos había presenciado cómo varias relaciones se disolvían hasta convertirse en dramas turbulentos, las suficientes como para saber que cualquier tipo de relación sentimental en el lugar de trabajo debía evitarse a toda costa. Y aun así…

—¿Por qué sonríes como una tonta cuando miras a Jesse Andrews? —me preguntó Mila dándome un codazo—. ¿Es tu camello o algo?

—No estoy… —Fruncí el ceño—. ¿De verdad estoy sonriendo como una tonta?

—Sí.

—Mecachis —murmuré. Eché un vistazo a la tarima, donde alguien estaba probando el micrófono antes de empezar la mesa redonda.

Mila se inclinó hacia mí.

—¿Quieres que te lo presente?

—Ah, no, no. Ya lo conozco. Coincidimos una vez.

—Genial. Íbamos al mismo instituto. Fuimos juntos a clase en el último curso.

—¿En serio? ¿Cómo era? —no pude evitar preguntar.

—La verdad es que muy majo. Era el capitán del equipo de fútbol, así que cabía esperar que fuera un poco creído, pero no; era un chico estupendo. La primera vez que me emborraché, me sujetó el pelo mientras vomitaba y luego se sentó conmigo a jugar al *Grand Theft Auto* mientras se me pasaba la borrachera. Y siempre me dejaba copiar los deberes de trigonometría.

—Comprendo. —Asentí, para nada sorprendida—. Cuando lo conocí, también fue muy amable con... Mila, ¿qué estás...?

—Hace tiempo que no hablo con él, ¡vamos a saludarlo! —Me agarró del antebrazo y me llevó hacia Jesse—. Tengo que preguntarle cómo se le ocurrió ese triple giro de guion en *El bosque prohibido.*

—No sé yo si... —Pero ya estábamos allí, junto a Jesse.

Él se agachó para abrazar a Mila y la saludó con afecto mientras la hacía reír explicándole, con una buena dosis de autocrítica, que no había ido a la última reunión de antiguos alumnos porque no estaba preparado para descubrir si el máximo nivel de belleza y popularidad que iba a alcanzar en la vida era el que tenía cuando iba al instituto. Entonces ella se apartó y Jesse posó su mirada en mí, la amiga silenciosa que se había quedado a un lado, y...

Por un segundo, se quedó tan inmóvil que pensé: *Uf, menos mal que se acuerda de mí.* Paradójicamente, lo supe por la forma en que sus ojos *no* se abrieron, sus labios *no* se curvaron y su postura *no* cambió. Se quedó demasiado serio como para indicar otra cosa que no fuera que me había reconocido. Y, sin embargo, cuando Mila dijo: «Ya conoces a Viola, ¿verdad?», su mandíbula marcada y su rostro bonito hasta decir basta se quedaron impasibles.

Se produjo una pausa tensa. Finalmente, Jesse abrió la boca para decir quién sabe qué, pero Mila debió de percatarse de que había vacilado, porque añadió:

—Al menos eso es lo que me ha dicho Viola. —Me miró alzando la ceja con una expresión acusadora, como si mentir sobre mi vinculación con estrellas de la industria fuera uno de mis pasatiempos favoritos, y yo solo quería que me tragara la tierra y que los seres del inframundo me consumieran.

—Sí. Nos conocimos cuando hice una entrevista para... Da igual. —Hice un gesto con la mano para quitarle importancia al hecho de que yo fuera la persona menos memorable de la historia. El corazón me iba a mil por hora. ¿A santo de qué? Ni idea—. Soy Viola Bowen. Trabajo en FlyButter. Tú fuiste quien me recomendó que echara el currículum ahí cuando...

Me interrumpió un pelirrojo con expresión muy seria (más tarde descubriría que se trataba de Otto) que vino a buscar a Jesse para hablar sobre no sé qué estrategia de trascendencia internacional. Él se marchó enseguida, pero antes le dedicó una última sonrisa a Mila y le prometió ir a tomar un café con ella pronto. A mí no me prestó la más mínima atención. Me quedé mirándole la espalda mientras se alejaba, preguntándome si era lo bastante egocéntrica como para sentirme ofendida, y no aparté la mirada hasta que Mila empezó a hacer ruidos extraños.

Me di la vuelta y la encontré olisqueándome.

—¿Qué haces?

—Solo estaba comprobando una cosa.

—¿Qué cosa?

—Que no hueles mal.

—¿Por qué iba a...?

—Hay algo de ti que a Jesse no le ha terminado de encajar y he pensado que quizá era porque olías mal. —Se encogió de hombros. Lo dijo en tono de broma, sí, pero entre broma y broma...

Una parte de mí se alegró de que hubiera confirmado que no eran imaginaciones mías. La otra..., la otra no quería admitir que le caía mal.

—¿Qué? No. Solo es que nos han interrumpido.

—Ajá. Por casualidad, la otra vez que coincidisteis... ¿lo atropellaste?

—¿Qué? No.

—¿Y a su perro?

—No.

—¿A su madre, quizá?

—¡No!

—Vale. Habría jurado que tenía ganas de escupirte en la frente, pero lo habré interpretado mal.

Pensé que yo también lo habría interpretado mal. Mila tenía tendencia a ser dramática, pero la verdad es que suponer que alguien te detesta basándote en una interacción de un segundo requiere un grado de narcisismo que quiero pensar que no poseo. Así que pasé página, borré el incidente de mi mente y conseguí no volver a pensar en Jesse nunca más.

Es broma. Lo que realmente ocurrió en los meses siguientes fue que me volví hiperconsciente de su existencia. De repente, lo veía por todas partes. No solo en convenciones, sino también en los créditos de los videojuegos a los que jugaba, dando una entrevista para mi canal favorito de YouTube, ganando premios al diseñador independiente del año... También me enteré de que teníamos amigos en común en la industria, que se había graduado en mi universidad tres años antes que yo y que era muy activo en el grupo que se había creado para hablar sobre derechos laborales con el objetivo de sindicalizarnos a nivel nacional.

Y cuanto más sabía de él, más me daba cuenta de que era un tío estupendo. Muy a mi pesar, empecé a pillarme lo que viene siendo un poco bastante de él. Negarlo habría sido una mentira digna de Pinocho.

Para que quede claro, lo que me avergonzaba no era mi fascinación por Jesse Andrews, sino el hecho de que persistiera durante *años* a pesar de cómo me trataba. ¿O tal vez debería decir a pesar de cómo *no* me trataba? Si hubiera sido borde o cruel, habría perdido su encanto y me habría resultado facilísimo descartarlo como otro machirulo acomplejado que cree que las mujeres tienen un plan maestro para corromper su adorada industria del videojuego. Pero no; el sentimiento principal de Jesse hacia mí parecía ser la indiferencia. Nunca se acercaba a mí por iniciativa propia y, cada vez que yo me acercaba a él, se mostraba amable, cortés, cordial y exageradamente apático. *Debe de ser porque es introvertido,* me decía a mí misma. Y habría colado si no fuera porque era claramente capaz de mostrarse extrovertido con las personas que teníamos en común.

Empecé a preguntarme si el problema era yo. Por si acaso, hice un doble esfuerzo por entablar amistad con él, pero resultó que mis intentos eran recibidos con una notable cortesía y un profundo desinterés. Cuando coincidíamos en algún lado, nunca, jamás, vi que los ojos de Jesse se posaran en mí por voluntad propia. Tampoco es que me diera motivos para creer que quería cortarme en pedacitos y meterme en una bolsa de basura, por ejemplo, o que, de haberme visto haciendo autostop en mitad de la noche, habría pasado de largo. De hecho, nunca me dio indicios de que me detestara de forma activa. Sin embargo, la verdad era obvia: mi existencia le importaba un comino.

Y, aun así, él me seguía gustando. Quizá se trataba del típico caso de «quiero lo que no puedo tener». O tal vez solo necesitaba la ayuda de una larga lista de profesionales de la salud. En cualquier caso, unos tres años después de nuestro primer encuentro, tras una cena en la que nos sentaron a uno enfrente del otro pero no intercambiamos más que un «hola» (porque él estaba demasiado ocupado charlando con una chica de Nintendo), finalmente sucedió.

Tuve un sueño erótico.

Y en él aparecía el puto Jesse Andrews.

Me desperté bañada en sudor y tuve que sofocar un sonido obsceno con la palma de la mano. Desde luego, mi subconsciente le atribuía un talento considerable en ese ámbito. Y la cosa no quedó ahí. En los dos años siguientes, si lo veía, coincidía con él por casualidad o alguien mencionaba su nombre de pasada, mi subconsciente fabricaba trece versiones más de ese sueño. Siete de las cuales se dieron mientras todavía salía con mi ex, lo cual, por supuesto, me horrorizaba y me llenaba de culpa.

Así que me resigné. Me gustaba Jesse, y a Jesse no le gustaba yo. Tampoco pasaba nada. No era un problema. Vale, sí, era mi primer amor no correspondido y me dolía un poco haberle visto una vez darle un trozo de cruasán a una paloma y mirarla durante más tiempo del que jamás me había mirado a mí, pero podía soportarlo. Con el paso del tiempo, la relación entre FlyButter y Nephilim se deterioró por mil razones que no tenían nada que ver conmigo ni con Jesse. Todo el que formaba parte de la industria sabía de las constantes disputas y, como procuraban mantener separados a los dos estudios para evitar conflictos, cada vez me lo cruzaba y soñaba menos con él. Por suerte.

Y entonces, el invierno pasado, unos seis años después de nuestro primer encuentro, al fin tuve que afrontar la verdad, y resultó ser una verdad horrible, mucho más horrible de lo que jamás había sospechado.

Hasta ese momento, siempre habíamos coincidido en eventos del trabajo. Nunca había interactuado con él en un contexto puramente social, sobre todo porque yo apenas interactuaba con nadie. Como jefa de departamento, trabajaba diez horas al día, más durante los periodos de mayor actividad, y por la noche solo me apetecía acurrucarme en el sofá. Quitarme el pijama era toda una proeza que requería la promesa de algo especialmente emocionante. U obligatorio, lo cual era más habitual.

Y así fue como al fin me encontré con Jesse Andrews en la vida real: su compañero de habitación en la residencia universitaria, ahora profesor de Educación Física, iba a casarse con mi prima, que es panadera. No era una coincidencia demasiado sorprendente, teniendo en cuenta que todos habíamos ido a la misma uni. Sin embargo, significaba que ambos estábamos invitados a la fiesta de compromiso que celebraron justo antes de las vacaciones de Navidad, y de esa salida al mundo exterior no me podía escaquear.

Lo vi en cuanto entré en el reservado que habían alquilado en el restaurante, lo cual no era una gran proeza, ya que le sacaba una cabeza a casi todos los demás. Él no jugaba con la misma ventaja: yo soy de estatura media, con el pelo largo y ondulado y pocos rasgos que me hagan destacar entre la multitud. En retrospectiva, creo que debería haber aprovechado la situación. Debería haber fingido un neumotórax o una disentería fulminante y haberme largado de allí. Por desgracia, mi tía Selene me agarró y me sometió al típico interrogatorio pasivo-agresivo de la familia Bowen, perfeccionado a lo largo de varias generaciones. ¿Había engordado? Me sentaban bien esos kilitos de más, pero mejor tener cuidado con lo que comía a partir de ahora. ¿Estaba saliendo con alguien? Ser una solterona tenía sus ventajas. ¿Las ojeras eran para estar a la moda? ¿Había encontrado ya un trabajo legítimo? ¿Sabía que la reserva ovárica de las mujeres era limitada?

Después de la tía Selene, le tocó el turno a la tía Millie. Luego al tío Max. Luego a un primo tercero de cuyo nombre nunca me acordaba. Luego a mi madre, que me atormentaba con la historia *para nada* inventada del hijo de un amigo anónimo, que recientemente había perdido su trabajo no especificado en el sector de los videojuegos, se había quedado sin casa y había muerto devorado por cocodrilos mientras dormía bajo un puente. Luego vinieron tres de mis hermanos, que me despeinaron a base de coscorrones y me demostraron que para ellos yo siempre tendría doce años.

Es duro ser la pequeña de cinco. Mis hermanos y hermanas son la hostia, y estoy tan segura de que me quieren como del código binario, pero, como la pequeña que soy, a menudo me toca soportar muchas cosas. Si hay que gastar una broma, ponerle la zancadilla a alguien o leer en voz alta un diario, siempre me toca cobrar a mí. Toda mi vida ha consistido en aprender a tener paciencia y compartir —comida, juguetes, ropa, atención, la energía de mis padres—, lo que supongo que explica por qué ahora que soy adulta me gusta tanto estar sola.

Cuando mis hermanos se cansaron de meterse conmigo, habían pasado casi dos horas. Decidí acercarme a los novios, desearles lo mejor y pirarme. Era más fácil decirlo que hacerlo, ya que la mayoría de los Bowen estaban achispados o directamente borrachos.

Me abrí paso entre la multitud hacia la salida, cuestionándome la increíble capacidad reproductiva de mi familia, hasta que algo grande chocó contra mí. Cuando alcé la cabeza para mirar con cara de pocos amigos lo que se interponía entre yo y la libertad, me encontré con un rostro familiar.

Jesse tenía una cerveza en la mano y me miraba parpadeando, tal vez preguntándose si su compañera de sector menos favorita se había convertido en una acosadora. Algo asomaba por detrás de su cabeza, algo verde con hojas y... Muérdago.

Él estaba debajo. Yo también.

Y entonces se hizo el caos. Antes de que tuviera oportunidad de explicarme, de huir o de robarle el botellín a Jesse, estrellarlo contra la pared y usar el cristal roto para mantener a raya a mi familia, unas diez personas de mi sangre comenzaron a corear que nos besáramos.

—¡El muérdago! —gritó mi prima, la novia, con las mejillas sonrojadas—. ¡La planta del beso! —Miré la tiara que llevaba sobre la cabeza y, por un momento, me pregunté cómo reaccionaría si se la arrancara, la partiera de un rodillazo y la obligara a comérsela.

—¡Tenéis que besaros! —anunció el tío Evan.

—Viola —intervino mi hermano Victor—, ¿sabías que el muérdago, también conocido como *Viscum album,* de la orden de los Santalales, que forman parte de la familia de las santaláceas, es una planta hemiparásita obligada? En fin, sí, deberíais besaros.

Eché un vistazo a mi alrededor mientras el revuelo, alimentado por el alcohol, iba en aumento, preguntándome si nadie se daba cuenta de lo inapropiado de la situación. ¿Por qué las familias no tenían un departamento de Recursos Humanos? Ahora mismo interpondría una queja que daría gusto. Y quien dice una dice diez.

Pero nadie dijo nada. Hubo un par de vítores y algunos comentarios sobre que era «tradición». Respiré hondo, resignada.

Vale. Da igual. Lo hago y punto. Total, solo es un beso. Un pico. En la mejilla, probablemente. Y, aunque el hecho de que mi familia se comportara como un grupo de universitarios en una fiesta de la fraternidad me daba ganas de beberme un frasco de pomada antifúngica, podría haber sido peor. Al fin y al cabo, Jesse me gustaba. Estaba bastante segura de que mantenía unos niveles decentes de higiene personal. Además, después del beso, tendríamos oportunidad de reírnos de este cuadro. Incluso podría ayudarnos a pasar de la indiferencia a… algo más cordial. Algo bonito.

Así que levanté la vista para encontrarme con su mirada. Mi intención era ofrecerle una sonrisa que dijera «estamos juntos en esto», pero nunca se llegó a materializar porque me topé de frente con una expresión que solo podía describirse como de asco.

Y eso fue *antes* de que dijera:

—Me da a mí que no.

Esta vez no fue amable ni cortés ni cordial. Fue brusco y firme, como si la idea de besarme le resultara tan repugnante que no pudiera fingir, como si le hubiesen pedido que besara a alguien con mononucleosis *y* varicela.

Y la gente de nuestro alrededor se dio cuenta, porque, tras un momento de silencio, nadie volvió a insistir. Hubo algunos comentarios de decepción, dejando claro que éramos unos aguafiestas, pero no tardaron en empujar a los novios hacia donde estábamos para que se pudieran meter la lengua hasta la garganta. Y ahí acabó todo.

Más o menos.

Yo tenía las mejillas al rojo vivo por haber sido rechazada en público, por lo rápido que había sucedido todo, por la mirada de Jesse, llena de algo que... No era desprecio, ¿verdad? No podía serlo.

O tal vez sí. Porque, quince minutos más tarde, mientras cogía la chaqueta para irme, oí la voz de mi primo al final del pasillo.

—Podrías haberle dado un beso en la mejilla —decía.

Me detuve en seco. Ambos estaban mirando por la ventana, de espaldas a mí.

La ancha espalda de Jesse se movió para encogerse de hombros con indiferencia.

—Me refiero a que, aunque no te guste, podrías haber sido más amable —aclaró mi primo.

—No. No era una opción.

—¿Por qué no?

Una pausa.

—No quiero tener nada que ver con ella. Es mejor así.

Esto ocurrió hace casi doce meses, pero recuerdo el suspiro de frustración que siguió a esas palabras como si fuera ayer; un instante fugaz que nunca desaparecerá de mi mente.

Incluso ahora, aún en la oficina a pesar de que hace rato que ha acabado mi jornada laboral, mientras miro fijamente la pantalla en blanco, lo oigo con claridad. Solo faltan dos días para el retiro en la casa rural.

—Puede que no quieras tener nada que ver conmigo —digo en voz alta ante la sala vacía y diáfana—, pero yo quiero encargarme del proyecto *Limerence 3.* ¿En qué situación nos deja eso?

Inclino la cabeza hacia atrás, miro el techo y me pregunto si voy a ser capaz de trabajar con Jesse Andrews. Y viceversa.

Capítulo 3

Mis expectativas para el retiro son más bajas que el presupuesto de una escuela pública y, aun así, me sorprendo por lo mal que empieza.

La semana que viene es Navidad y son las seis y media de la mañana. A pesar del gorro y la bufanda de lana que me he enfundado, estoy temblando de frío en el aparcamiento de Nephilim. No está muy bien iluminado y me pregunto por qué hemos decidido reunirnos aquí en lugar de, por ejemplo, en medio de un maizal, en una funeraria o, literalmente, en cualquier otro sitio. Mike viene corriendo hacia mí y me pregunta:

—Viola, ¿me harías un favor?

No, grita una voz sabia y cautelosa en mi cabeza. *Ni de puta coña.* Pero lo que digo en su lugar es:

—Depende.

Sonríe como si hubiera dicho que sí, y eso me da mala espina.

—La semana pasada se cayó un árbol y la zona para aparcar de la casa rural está temporalmente limitada. Estamos intentando subir al monte Baker con el menor número posible de coches y, según mis cálculos, uno de los miembros de nuestro equipo tiene que ir en un coche de los de Nephilim. He pensado que tú…

—No —digo, esta vez en voz alta y con tanta vehemencia que una nube de vaho aparece entre nosotros.

—Por favor, Viola. —Pone cara de súplica—. Nadie quiere.

—Claro. No me extraña. Yo tampoco.

—Eres la persona menos propensa a armar un drama del equipo. —Lo que quiere decir es: «Eres la más fácil de manipular porque eres la que más tiene que perder. Todos sabemos lo importante que es *Limerence 3* para ti».

Y, por desgracia, no se equivoca.

Aun así, respondo:

—Puedo armar un drama considerable si eso me libra de ir en el coche de… —Inclino la cabeza al recordar que tampoco es que tenga problemas con muchos empleados de Nephilim—. ¿De quién es el coche?

—De Otto, creo.

—¿Y quién más va?

—No lo sé. Jorge, imagino. Se supone que están saliendo, ¿no? —Hay un tono indiscutiblemente amargo en su voz. Supongo que ya sabemos quién inició la última ruptura en la interminable telenovela de Otto y Mike—. Ashley, quizá.

—¿La chica gótica que siempre tiene cara de mala hostia?

—Sí.

Mmm… Bueno, me veo capaz de lidiar con ellos.

—Está bien… —empiezo, y Mike exhala aliviado hasta que añado—: lo haré a cambio de tres días extra de vacaciones el año que viene.

Pone los ojos en blanco.

—Uno.

—Dos. Sin restricciones de fechas.

—Trato hecho. Me salvas la vida, Viola —dice dándome una palmada en el hombro—. Gracias.

—Ajá. —Me dirijo hacia la torre pelirroja también conocida como Otto. No he tenido nunca la oportunidad de interactuar mucho con él—. Hola —le digo con una sonrisa—. ¿Te importa que vaya con vosotros en el coche?

Se encoge de hombros, como si mi mera existencia le generara una cierta repugnancia. No me lo tomo como algo personal, ya que es conocido en el sector por su falta de cordialidad.

—Como quieras. —Su acento británico es seco y cortante—. Pero este coche no es mío.

—¿De quién…?

Señala a alguien detrás de mí y…

Claro. Por supuesto. No podía ser de otra manera.

Suspiro resignada.

—Hola, Jesse —digo antes de terminar de darme la vuelta. A veces me sorprende la mala suerte que tengo. ¿Mike me ha mentido a propósito?

No. Él no sabe nada de mi extraña relación con Jesse. Nadie lo sabe porque cada vez que empiezo a explicarlo me doy cuenta de lo paranoica y egocéntrica que sueno. «Uno de los diseñadores de videojuegos más populares, al que todo el mundo adora, no quiere ser mi amigo. Pobrecita, qué desgraciada soy».

En fin.

—Buenos días —dice Jesse con voz grave y un poco ronca, como si no fuera una persona acostumbrada a madrugar tanto. Sin embargo, sus ojos, fijos en mí, parecen completamente despiertos.

Sin preguntar, agarra la bolsa a punto de petar en la que llevo las cosas y la mete en el maletero como si no pesara nada. Su jersey oscuro es bastante fino y ni siquiera lleva chaqueta, pero su cuerpo irradia calor. En cambio, yo parezco una cebolla y sigo temblando de frío.

—Gracias —le digo.

Es la primera vez que nos vemos desde el incidente del muérdago. La primera que escucho su voz desde que le oí decir esas palabras tan horribles.

«No quiero tener nada que ver con ella».

Me sube la tensión, pero enseguida me doy cuenta de que es probable que Jesse ni siquiera recuerde aquella fiesta. Vuelve a ser el de siempre, educado pero distante, y yo me acomodo en la parte trasera de su coche, detrás del asiento del copiloto, deseando ser invisible.

Debo de estar maldita. Es posible que Edith, la gata de mi hermano, haya invocado a una diosa egipcia para vengarse de mí por haberle puesto ese disfraz de langosta el pasado Halloween. Es la explicación más lógica para este triple golpe: no solo me he visto obligada a invadir el espacio personal de Jesse, lo cual, entiendo, le ha debido de causar un enorme fastidio; sino que, además, Otto está jugando al *Flappy Bird* a mi lado con el sonido activado y Ashley, que va sentada delante de mí, parece necesitar todo el espacio disponible para estirar las piernas.

—Oye —digo con una sonrisa—, ¿podrías poner el asiento un poquito más hacia delante? —Mido 1,68 y ella es como... quince centímetros más baja que yo. Considero que es una petición razonable, pero responde chasqueando la lengua antes de ajustar el asiento para darme unos cinco milímetros más de espacio.

Suspiro.

—Gracias.

Cuando Jesse entra, se le empañan las gafas. Ashley se las quita agarrándolas por el puente de la nariz y las limpia con el dobladillo de su camiseta. Luego se las vuelve a colocar con una sonrisita que denota cierto grado de intimidad y él se la devuelve.

Madre mía. ¿Están liados? ¿Son pareja? ¿Están enamorados? ¿Tienen relaciones sexuales? ¿Se le da tan bien como en mis...?

Basta, Viola. No es asunto tuyo.

Me recuesto contra el reposacabezas, cierro los ojos e intento respirar sin hacer demasiado ruido.

Llegamos a la casa rural tres horas más tarde y contemplo los pinos cubiertos de nieve y las rústicas paredes de madera mientras pienso que, si este viaje en coche no me ha matado, está claro que debe de haberme hecho más fuerte. Ahora me siento mejor preparada para superar acontecimientos difíciles, de esos que te cambian la vida. ¿Partos, fracturas de cadera, hemorroides? Que me echen lo que quieran.

Es difícil concretar qué ha sido lo más desagradable. Quizá cuando le he pedido a Jesse que parara en una gasolinera para ir al baño y Otto ha murmurado que «hay ejercicios para mejorar la incontinencia urinaria, Viola». O cuando Jesse ha fingido que necesitaba escuchar el informativo para saber cómo estaba el tráfico y ha cambiado de emisora justo después de que a mí se me escapara que la canción que estaba sonando era una de mis preferidas. Sí, esa también está bastante arriba en el ranking.

Por supuesto, ha habido varias conversaciones en las que los tres de Nephilim han hablado de cosas, lugares, ideas y personas que están presentes en su vida y con los que yo no estoy familiarizada. Sin embargo, gracias a eso he descubierto que Jesse tiene buen sentido del humor. Le encanta chinchar a Otto. Es amable y ha sido capaz de tranquilizar a Ashley cuando se ha puesto nerviosa al recordar que tienen que anestesiar a su perro para hacerle una limpieza dental. Le ha dicho que él ha tenido muchos perros y que todos han respondido bien a ese tipo de procedimientos. En resumen, que Jesse es encantador y, aun así, no se ha dignado a mirarme ni una sola vez en dos horas y cincuenta y siete minutos.

Aparte, he tenido que soportar la tortura de escuchar a Jesse y Ashley debatiendo con riguroso detalle todo lo que engloba el entrenamiento, el equipamiento y la filosofía de los triatlones. No me imaginaba que ninguno de los dos fuera un entusiasta del deporte, pero la profunda conversación sobre por qué es mejor entrenar en zona dos, las pruebas de lactato en sangre y las carreras de ritmo controlado demuestra lo contrario. Cuando han empezado a hablar de su marca preferida de geles energéticos, me he planteado la posibilidad de saltar del coche e ir andando hasta la casa rural.

La cual, por cierto, es preciosa y mucho más grande de lo que esperaba. Está cubierta de nieve y tiene su encanto. Da la sensación de ser un lugar muy… caro. Grandes ventanales, balcones y terrazas rodeados de árboles y senderos… Creo que nunca había estado en un sitio como este, y me enamoro al instante del aroma a pinos y aire fresco.

Me alegro de haber venido. Ha valido la pena aguantar durante todo el viaje el insoportable ruido que hace Otto al sorber con pajita.

—Oye. —Mike se acerca y me da una palmada en la espalda. Noto su mano pesada a través de mi grueso abrigo—. Gracias de nuevo por haber ido con Jesse.

—No hay de qué. Aunque me dijiste que iba a ir con Jorge.

—Eso pensaba, pero… —Deja escapar una sonrisita de emoción—. Manny me ha dicho que corre el rumor de que Jorge y Otto tuvieron una discusión y Jorge dimitió en el acto.

Ay, alma de cántaro, se nota tanto que estás enamorado…, le digo, aunque no en voz alta. No deja de ser mi jefe.

—Mírate, ¿desde cuándo nos alegramos de que un hombre se quede sin trabajo?

—No, yo no me… Bueno, puede que sí. Un poco. En fin, a lo que iba: de todos los que estamos aquí, tú eres la única que nunca ha tenido un malentendido con alguien del otro estudio. Tú y quizá Jesse. Cuando la gente de FlyButter y de Nephilim empiece a apuñalarse con los palos de esquí, vosotros seréis los últimos en quedar en pie.

—No sé yo…

—Que sí, ya verás. ¿Qué tal el viaje, por cierto? ¿Otto me ha mencionado en algún momento?

—No —respondo tras decidir que es mejor ser clara y sincera—. Estaba demasiado ocupado revisando su perfil de Grindr cada diez minutos.

Mike abre los ojos con estupefacción.

—Será… Él… No es… —balbucea sonrojado—. A ver, Otto es… No es que sea asunto mío si… —Se aclara la garganta. Dos veces—. Por casualidad no habrás visto cuál es su nombre de usuario, ¿no?

Niego con la cabeza y me vuelvo para coger mi bolsa, pero ha desaparecido del maletero. Echo un vistazo a mi alrededor, casi esperando que se la haya llevado un yeti. Sin embargo, lo único que veo es a Jesse dirigiéndose a la casa rural con una bolsa sospechosamente parecida a la mía.

Capítulo 4

En conjunto, el equipo principal de Nephilim y el de FlyButter suman dieciocho personas, lo cual coincide con el número exacto de habitaciones que hay en la casa, según nos informa al llegar el ama de llaves, un mujer de aspecto maternal. La enorme sala común en la que nos ha reunido me recuerda a la que aparece en esos vídeos ambientales de YouTube que a veces pongo para engañar a mi cerebro y hacerle creer que estoy de vacaciones.

Hay una gran chimenea y el olor a humo que desprende la leña es como un cálido abrazo. Veo sofás y almohadas suaves y mullidas, ventanales que llegan hasta el techo desde los que se aprecian comederos para pájaros y ardillas y unos árboles tan altos que deben de llevar ahí milenios. Las intrincadas vigas de madera del techo hacen que el espacio parezca atemporal e inmenso. No tengo la más mínima intención de acercarme a los esquís ni a las tablas de *snowboard* que hay colgados justo al lado de la entrada; sea cual sea la parte del cerebro responsable de disfrutar bajando a toda hostia por una colina, la mía debe de estar atrofiada. Aun así, estoy convencida de que me lo pasaré genial quedándome aquí, respirando el aroma del cedro e hinchándome a chocolate caliente.

—Qué lugar tan agradable para pasar unas vacaciones —murmuro.

—Y qué compañía tan desagradable —me susurra Ethan al oído.

No puedo evitar soltar una risita. Cuando Jesse y Ashley se vuelven hacia el origen del ruido, finjo estar fascinada por mis botas.

—Por supuesto, pueden utilizar todas las instalaciones, incluidos los jacuzzis y la sauna de la terraza trasera —nos informa el ama de llaves. Me pregunto si se habrá dado cuenta de la tensión que hay entre…, bueno, todos. Los miembros de Nephilim y FlyButter nos hemos dividido en dos grupos muy separados que evitan el contacto visual—. Encontrarán el número de su habitación en los sobres de bienvenida que les hemos dado antes —continúa. Echo un vistazo al mío y paso el dedo por el sello de cera, fascinada, antes de abrirlo. Dentro encuentro un bastón de caramelo (que inmediatamente desenvuelvo y me meto en la boca), un folleto informativo y un llavero de madera con el número cuatro—. Las comidas son tipo bufé y se sirven a las siete de la mañana, a las doce del mediodía y a las seis de la tarde en el comedor.

—¿En qué habitación estás? —me pregunta Ethan, colocándose la correa de la mochila sobre el hombro.

—La cuatro.

—Ah —dice en un tono ligeramente apagado que me llama la atención. A estas alturas, lo descifro como si fuera una línea de código de C++.

—¿Y tú? —le pregunto.

—En la dieciocho. —Frunce los labios—. Pero Shannon está en la tres.

Sonrío, imaginándome a Ethan y Shannon caminando de puntillas por la casa en ropa interior. Empezaron a salir hace más o menos un mes y su relación es tan reciente que nadie de FlyButter lo sabe, excepto yo. Ellos lo prefieren así, y entiendo por qué: hacerlo público en el trabajo significa que mucha gente empezaría a entrometerse en sus asuntos y a darles opiniones no solicitadas. Por no hablar de lo incómodo que sería si rompieran. Su plan es pasar desapercibidos y mantenerlo en secreto hasta que estén más estables, y yo apoyo esa decisión. No obstante, sospecho que no tardarán en descubrirlos si siguen dándose el lote en la sala de fotocopias.

—Si a las dos de la madrugada oyes a alguien entrando a hurtadillas en la habitación de al lado, haz como si no hubieses oído nada —me dice Ethan.

Me quedo pensando en si realmente hará tanto ruido como para despertarme. Y entonces me doy cuenta de que quizá compartir pared con la novia de Ethan podría llevarme a descubrir cosas que no quiero sobre mi amigo.

Es como un hermano para mí. Si le gustan las dinámicas de poder o tiene un fetiche con los disfraces de lechera, más le vale llevárselo a la tumba.

—Oye, ¿y si intercambiamos habitaciones? Así estarás justo al lado de la suya —le propongo.

—¿Podemos?

Me encojo de hombros.

—¿Qué van a hacer? ¿Castigarnos? ¿Encerrarnos en una casa rural con nuestros enemigos de la industria durante varios días?

Intenta esconder la risa contra mi hombro, pero el sonido se escapa igualmente y todos se giran hacia nosotros.

—Eh, tortolitos —masculla Mila—. El ama de llaves nos está explicando cómo funcionan las instalaciones. Silencio.

Pongo los ojos en blanco, porque la broma recurrente sobre que Ethan y yo estamos enamorados en secreto hace tiempo que perdió la gracia, pero me callo y presto atención a todo lo relacionado con las salas multimedia.

Poco después nos dispersamos. Ethan sonríe y me da un beso en la mejilla cuando dejo caer las llaves en su palma. Insiste en recompensarme regalándome su bastón de caramelo, así que considero que he salido ganando. Y mucho, de hecho, porque las habitaciones diecisiete y dieciocho están en una especie de *loft,* un ala separada y más tranquila de la casa que da a la parte de atrás del edificio, y sé que las vistas desde las ventanas serán impresionantes.

Oigo pasos detrás de mí y me giro para ver quién va a ser mi vecino durante los próximos cinco días. No tengo ninguna preferencia en particular, aunque espero que no sean ni Otto ni Mike. Siempre existe la posibilidad de que les dé por reavivar su relación y tampoco quiero descubrir si ellos tienen un fetiche con los disfraces de lechera.

Sin embargo, da la casualidad de que no tengo por qué preocuparme. Porque la habitación diecisiete no es la de

Otto. Ni la de Mike. Y ahora me queda claro que, desde luego, he debido de cabrear a algún dios, o más bien a todo un puto panteón de dioses.

Estoy redefiniendo el concepto de «maldición».

—¿Buscas algo? —pregunta Jesse, acercándose al rellano. Suena educado, amable y totalmente carente de emoción. Como si se hubiera encontrado a una niña perdida vagando por el pasillo de los cereales en el supermercado.

No me vendría mal tener un miligramo de buena suerte, pienso mientras me saco el bastón de caramelo de la boca. Es evidente que está tratando de mantener las distancias, pero aun así ocupa tanto espacio en este lugar tan pequeño que es difícil mirar a otra parte que no sea él.

—No. Bueno, sí. Pero ya lo he encontrado. —Me mira como si no lo terminara de comprender, y yo señalo la puerta—. Esta es mi habitación.

Mis palabras desencadenan toda una serie de emociones en el rostro de Jesse y me divierto intentando descifrarlas. Confusión («¿De verdad esta plebeya ha invadido mi coche y ahora va a dormir en la habitación contigua a la mía?»), luego preocupación («¿Me contagiará los piojos?»), y, finalmente, incredulidad («Pienso mandar una queja por correo electrónico a la empresa por permitir este circo»). Su expresión se vuelve indescifrable, y entonces, con un tono tranquilo y neutro, dice:

—Puedo pedirle al ama de llaves que me dé otra habitación.

«No quiero tener nada que ver con ella».

Ahora en serio, solo me gustaría entender el motivo. No me he cargado a ninguna de sus mascotas, no lo acosé en el instituto y tampoco le he robado la receta secreta de la tarta de manzana de su abuela. De verdad que sus ganas de evitarme son tan injustificadas que resultan hasta cómicas.

Pero no me estoy riendo.

—No ronco fuerte ni nada por el estilo —le digo. No sé si estoy tratando de disuadirlo o de desafiarlo. *Calma las aguas,* insiste una voz dentro de mí, la misma que aprendió a llevarse bien con cuatro hermanos mayores de carácter fuerte. *Vais a tener que trabajar juntos. Quizá él no quiera tener nada que ver contigo, pero tú aún puedes salvar esta relación profesional. Hazlo por* Limerence—. No me suelo duchar en mitad de la noche —añado—. Y parece que no te ha entusiasmado mi gusto musical cuando íbamos en el coche, así que te tranquilizará saber que tengo unos auriculares con cancelación de ruido estupendos.

Sonrío, pero él no me devuelve la sonrisa. En su lugar, dice:

—Haré lo posible por no molestarte. —Suena como si me estuviera prometiendo algo que *yo* he pedido, y... no lo entiendo. Veo cómo entra en su cuarto y cierra la puerta con cuidado, dejándome sola en el rellano.

Con un profundo suspiro, me vuelvo a meter el bastón de caramelo en la boca. Cojo la bolsa, entro en la habitación y me prohíbo sentirme herida.

Puede que Jesse Andrews no quiera tenerme cerca, pero le toca aguantarme durante los próximos días y, si todo va bien, puede que también durante los próximos meses. Cuanto antes lo acepte, mejor para todos.

Capítulo 5

Después de instalarme en mi cuarto, paso la tarde paseando por la finca con algunos miembros del equipo de FlyButter. La cena es magnífica: guiso de lentejas, verduras salteadas y pastel de pollo, todo acompañado de un vino que, a diferencia del que suelo comprar en el supermercado, no huele a compota de manzana. El arroz con leche no es nada del otro mundo, pero la tarta de queso con chocolate está tan rica que tardo unos segundos en recuperar el habla después de dar el primer bocado.

—La madre que me parió —digo mientras me meto otra cucharada en la boca—. Esto está de muerte.

Mila asiente y coge otro trozo del plato que estamos compartiendo.

—Es mejor que el sexo.

—Quizá mejor que el sexo con *ciertas* personas —murmura John desde algún lugar a mi derecha. Es el diseñador 3D de Nephilim y exnovio de Mila. Estuvieron juntos cinco años y rompieron tras un torbellino de infidelidades mutuas y trastos de cocina lanzados por la ventana.

No hace falta decir que no, no mantuvieron la amistad después de aquello. Ni ella ni yo habríamos elegido sentarnos cerca de él, pero alguien (probablemente Mike) tuvo la brillante idea de poner tarjetitas con el nombre de cada uno en las sillas para obligar a ambos equipos a mezclarse, así que aquí estamos.

Mila finge no haber oído el comentario, pero la repentina rigidez de sus hombros me indica que esas palabras han metido el dedo en la llaga. Me vuelvo para fulminarlo con una mirada de rayos láser que ojalá hubiera desarrollado en lugar de mi leve miopía y, cuando lo veo riéndose como un niñato, opto por darle un codazo «sin querer» a mi vaso de ponche de huevo y derramárselo entero en el regazo.

—Ay, lo siento muchísimo. —Me llevo la mano a la boca mientras él se limpia frenéticamente con una servilleta—. Es que soy un poco torpe, qué se le va a hacer.

Según mis cálculos, es el cuarto incidente Nephilim-FlyButter del día. Los otros han sido una pelea a gritos, una nota con la palabra «pringado» que alguien ha metido por debajo de una puerta y una maleta robada que ha reaparecido misteriosamente entre las plantas del patio. John se va a cambiarse de ropa y yo vuelvo a saborear mi pastel. Unos segundos más tarde, recibo un mensaje de Mike en el móvil.

MIKE: Eso ha estado muy feo por tu parte.

Levanto la vista y veo su ceño fruncido de desaprobación clavado en mí desde la otra punta de la mesa, así que le sonrío y le respondo:

VIOLA: Este retiro ha sido una idea FANTÁSTICA. Noto que la relación de FlyButter con Nephilim mejora por momentos.

Mike suspira y yo le envío el emoji de la bailarina, pero inmediatamente después me siento mal por él.

Su posición es complicada. Como director ejecutivo, lo único que quiere es que StarPlay invierta en nosotros para poder mantenernos a flote, y nosotros, su equipo, no se lo estamos poniendo nada fácil. Echo un vistazo alrededor de la mesa y veo que nadie está haciendo ningún esfuerzo. A pesar de los asientos asignados, las conversaciones parecen haberse agrupado por empresas. Incluso Otto, en lugar de fomentar una mayor armonía, ignora a todo el mundo y está pendiente del móvil.

Si seguimos así, será imposible colaborar para *Limerence 3*.

Pongo los ojos en blanco y decido ser la mejor versión de mí misma: una adulta razonable que es capaz de regular la mayor parte de sus emociones. Me acabo lo que queda de tarta de queso, luego me vuelvo a la derecha y le sonrío a la chica de piel morena que está al otro lado del asiento que John ha dejado vacío.

—Tú eres Clara, ¿verdad?

Ella se me queda mirando.

—Sí —responde recelosa. No la culpo, sinceramente.

—Yo me llamo Viola. No sé si te acuerdas, pero nos conocimos hace varios años en ese taller de animación que organizó el chico de la costa este…

—¿El de Tacoma? —Hace una mueca—. Dios, menuda pérdida de tiempo.

—Lo sé. Dudo que ese tío sea capaz de sumar dos y dos, mucho menos de diseñar un videojuego.

Ella se ríe y empezamos a charlar. La gente se va levantando, pero nosotras nos quedamos en la mesa. Para este retiro no se ha estructurado mucho el tiempo ni hay actividades obligatorias, así que somos libres de pasar la noche haciendo lo que queramos, y Clara, a pesar de su dudosa lealtad, es una excelente compañía.

Todo va a salir bien, me digo a mí misma más tarde, mientras regreso a la habitación. *Nephilim y FlyButter pueden aprender a llevarse bien. Lo conseguiremos. Habrá algunos roces aquí y allá, pero buscaremos la forma de que funcione. Por* Limerence.

—Hola, Viola. —Me vuelvo y veo a Mila acercándose a mí—. ¿Quieres ir a explorar la casa?

Atravesamos varias salas de ocio, contamos dos chimeneas más, nos encontramos con una mesa de billar y una pila de juegos de mesa más alta que nosotras. Paseamos por un jardín de invierno y un gimnasio mejor equipado que el de mi barrio, para el que compro pases anuales cada enero y al que apenas voy. La biblioteca huele a libros antiguos y, sinceramente, no sabía que aún existieran tantos DVD y Blu-rays en el mundo.

Como persona a la que aún le quedan unos diez mil dólares de préstamo estudiantil por pagar, el lujo extremo de este lugar me parece un poco innecesario, pero decido que, ya que estoy, mejor aprovecharlo.

—¿Por qué crees que estamos haciendo el retiro aquí, en lugar de, por ejemplo, en un motel de carretera? —le pregunto a Mila. Ella se encoge de hombros.

—Lo ha escogido StarPlay. Es una empresa gigante. Esa gente está forrada.

—Ya, pero ¿por qué gastarlo en nosotros en lugar de…, no sé, comprar huevos de Fabergé para los accionistas?

Mila inclina la cabeza.

—A lo mejor prefieren tener un detalle con personas de a pie cuyas habilidades valoran, en lugar de aumentar la ya abundante riqueza del uno por ciento de la población.

Suena tan ridículo que ambas estallamos en carcajadas.

■ ■ ■ ■ ■

La mayoría del equipo de FlyButter decide ver una película, pero yo ya he socializado suficiente por hoy.

Aún es temprano y sé que no podré conciliar el sueño, así que me pongo unos pantalones de chándal y un jersey y salgo de la habitación. Paso de puntillas por delante de la de Jesse, atenta a cualquier ruido, pero no se ve luz por debajo de la puerta.

Puede que esté dormido. O puede que esté con Ashley. O puede que se haya puesto un gorro del Grinch y un tanga verde y esté trepando por un abeto. Sea lo que sea, no es asunto mío. Me dirijo a la biblioteca con un ejemplar de *El corazón abatido,* el primer volumen de la saga *Limerence.*

A menudo, los videojuegos basados en libros son adaptaciones de grandes fenómenos literarios, de esos muy conocidos que se pasan años y años en las listas de los más vendidos. Sin embargo, esta saga nunca ha sido un *bestseller.* Incluso después de sacar las dos primeras partes del juego y de que tuvieran bastante éxito, este no se trasladó a los libros. De hecho, la mayoría de la gente no sabe que están basados en una colección de cinco novelas, cada una más compleja y mejor escrita que la anterior.

La historia comienza de forma sencilla: Noham, un joven hechicero, une fuerzas con una chica humana, Aqualuna. En el primer volumen, su objetivo es rescatar al hermano mayor de ella, que ha desaparecido. Lo consiguen, aunque no sin algunos contratiempos y muchas discusiones, y al final del libro ambos reconocen que hacen un equipo formidable. El resto de la saga sigue la misma fórmula, excepto que, a medida que Noham y Aqualuna crecen, los mundos que visitan y las aventuras en las que se embarcan se vuelven cada vez más oscuros y elaborados.

Al igual que yo, Aqualuna es la hija menor, por lo que es objeto de burlas, pasa desapercibida, la subestiman e incluso se olvidan de que existe durante largos periodos de tiempo, hasta el punto de que su familia tarda cuatro volúmenes en darse cuenta de que tiene la costumbre de escaparse y visitar otras dimensiones. Solo Noham parece verla tal y como es y le ofrece su apoyo incondicional. Aqualuna nunca llega a convertirse en hechicera ni obtiene ningún tipo de poder, pero al leer la saga la ves transformarse en una heroína fuerte e independiente y ganarse el respeto de quienes la rodean.

Sobra decir que todo esto me tocó la patata; al fin y al cabo, yo era una chica a la que sus hermanos apodaban «la Pringosa» debido a un desafortunado accidente cuando era pequeña.

A mi padre le encantaba la saga desde que era un crío y decidió enseñármela después de que le dijera que los libros eran aburridos y que no entendía cómo podía haber gente que quisiera leer por voluntad propia. No tardó en convertirse en algo nuestro; algo especial entre él y yo, sin mis hermanos y sus gritos acaparando toda la atención. Por las noches venía a mi habitación y leía uno o dos capítulos, hasta que, página tras página, me di cuenta de que los libros no eran aburridos, sino que, de hecho, eran lo mejor del mundo mundial. Nos leímos todos los volúmenes de la saga en solo unos meses, hasta que llegamos al último.

—Cuando seas mayor —me dijo—, lo leeremos juntos.

Puse mala cara.

—¿Por qué no ahora?

—Porque aún eres demasiado pequeña. Y ese libro, Vee, es un poco difícil de entender. —Me acarició la mejilla con esas manos callosas que a veces aún me parece sentir, tan cálidas y familiares—. No te preocupes, pronto estarás preparada.

Pero, cuando llegó el momento de estar preparada, *Limerence* era lo último en lo que pensaba. Para entonces, en mi vida había nuevos libros, además de videojuegos, el instituto, los amigos y los novios. Me olvidé por completo de Aqualuna y Noham… hasta hace unos años.

Cuando papá cayó enfermo.

—Léeme en voz alta, Vee —me dijo un día cuando fui a visitarlo después del trabajo, y supe que tenía que ser *Limerence.*

Empezamos por el primer volumen y fue como viajar al pasado. Me vino todo a la memoria: mi amor por los personajes, la forma en que sus aventuras me transportaban a lugares lejanos, lo cerca que me sentía de Aqualuna y lo involucrada que estaba en su éxito y bienestar. Excepto que esta vez me aterrorizaba que papá se fuera antes de llegar al final de la historia. Era algo que me quitaba el sueño.

Sin embargo, no debería haberme preocupado tanto. Todavía recuerdo cómo me sentí al leer «Fin» en voz alta y cerrar el quinto libro, un poco conmocionada. Pasé los dedos por el relieve de la contraportada.

—Papá…

—Dime, Vee.

—¿Qué crees que significa «limerence»?

—¿A qué te refieres con qué *creo* que significa?

—Bueno, es una palabra inventada, ¿no? —Siempre había dado por hecho que era un término sacado de la manga, como «desreputación», «gordibuena» u «ornitóptero». Nada fuera de lo común para el género fantástico. Sin embargo, ahora que había llegado al final, me desconcertaba el hecho de que la palabra «limerence» no apareciera ni una sola vez.

—Uf, Vee. Definitivamente, deberías buscarla. —Su suave risa se convirtió poco a poco en tos, así que dejé el tema, pero esa noche cogí el diccionario. Después de leer la definición, nunca volví a ver la saga de la misma manera, porque…

—… solo es cuestión de esperar.

Oigo la voz salir de la sala de billar y me detengo en seco. La puerta está entreabierta, pero no lo suficiente como para ver quién está hablando. Sin embargo, la voz me resulta familiar.

John. El ex de Mila.

El del ponche de huevo.

—La cosa va así —continúa—: si, llegado el momento, StarPlay tiene que elegir entre FlyButter y Nephilim, ¿cuál creéis que elegirá?

—No tengo ni idea, colega. —Otra voz, esta vez de mujer. Ashley—. Sé que quieres que diga que a Nephilim, pero últimamente FlyButter ha hecho unos proyectos muy guais y…

—Que no, chicos. A ver, probad a verlo desde esta perspectiva: ¿quiénes son los diseñadores jefe de ambos estudios?

Echo un vistazo al pasillo, que está desierto, y me acerco a la pared de madera para escuchar mejor.

—Jesse —dice otra voz masculina. Es el programador ese que una vez tuvo un rifirrafe con Shannon—. Y en FlyButter es esa chica, Viola Bowen.

—Es buena —dice Ashley.

—Es excelente —la corrige John—. De hecho, puede que sea la mejor en lo que a diseño de rol se refiere. Pero… —Oigo el ruido de unas bolas golpeando las esquinas de la mesa de billar—. No tiene experiencia en combate. ¿Sabéis quién es el mejor diseñando combates y también bastante bueno en el diseño de rol?

—¿Jesse? —pregunta Ashley.

—¡Bingo! Entonces, digamos que al final de esta semana FlyButter y Nephilim decidimos que no podemos trabajar juntos, que es exactamente lo que va a pasar; quiero decir, este retiro está siendo un desastre. ¿A quién creéis que la junta de StarPlay le dará el proyecto? ¿Al equipo que puede hacer bien ambas cosas o al equipo que solo puede hacer una?

—Es una buena observación —dice el programador tras una breve pausa.

—Por supuesto que lo es. Así que mi consejo es que tengamos paciencia. No nos estresemos durante los próximos días. No hay necesidad de esforzarnos por llevarnos bien con FlyButter porque, si las cosas siguen como hasta ahora, nosotros nos encargaremos de *Limerence 3* y ellos se quedarán con las manos vacías.

—No sé. Me da la sensación de que eso es... —Ashley suena escéptica— jugársela mucho. ¿Cómo puedes estar tan seguro?

—Pues porque lo he hablado con otras personas. Todas están de acuerdo conmigo.

—¿Lo has hablado con Otto? —pregunta ella, un poco dubitativa—. ¿Y con Jesse?

—Confía en mí —le asegura John—. Ellos también lo quieren. Espera.

De repente, la puerta se cierra y amortigua las voces del interior.

Me alejo de la pared con las mejillas enrojecidas por la ira. Es eso o ir hasta la biblioteca gritando para exteriorizar mi frustración.

Qué. Cojones.

¿Qué cojones?

He venido a este retiro de buena fe. Entre quejas y lloriqueos, sí, pero he venido con la intención de encontrar un punto en común. Y ahora resulta que, mientras tanto, Nephilim estaba planeando una mierda de sabotaje al más puro estilo Scooby Doo.

Abro la puerta de la biblioteca de un empujón, sopesando la posibilidad de tirarle un diccionario a la cabeza a John para sentirme mejor, pero retrocedo al instante. Parpadeo una vez, luego otra, incapaz de procesar lo que estoy viendo.

El puto Jesse Andrews está sentado en el rincón de lectura que he visto antes, donde pretendía sentarme yo ahora, el mismo sitio que llevo una hora considerando «mío». Está relajado en el lujoso sillón, con las piernas estiradas y las rodillas separadas. Se le ve demasiado cómodo para mi gusto.

Dejando de lado mis sueños inapropiados, creo que esta es la primera vez que lo veo sin gafas y...

Doy un paso atrás, porque esta situación me recuerda a Clark Kent. No es que esté de acuerdo con esa tontería que intentaban vendernos las comedias de los noventa sobre que las gafas le quitan atractivo a una persona, pero, sin obstáculos entre mis ojos y su rostro, no puedo evitar fijarme en su estructura ósea, y no me gusta. No me gusta saber que Jesse Andrews, un extraordinario desarrollador de videojuegos, podría tener una carrera respetable como modelo.

Prefiero verlo con gafas.

De hecho, puestos a pedir, preferiría no verlo nunca.

—¿Estás bien? —me pregunta desconcertado.

Sé por qué me lo pregunta. Estoy acalorada. Nerviosa. Me tiemblan tanto las manos que tengo que agarrarme al libro como si fuera un salvavidas. Y llevo puesta la ropa que suelo ponerme los domingos por la mañana para ir a comprar cuatro cosas al súper mientras la parte aceptable de mi armario está ocupada retozando en la lavadora.

Aun así, se puede ir a tomar por saco.

—La verdad es que estoy bastante cabreada.

Él se endereza, coge las gafas y se las pone, como para estudiarme mejor.

—¿Viola, has bebido?

—¿Que si he...? —balbuceo, y luego me detengo. Inhalo por la nariz. No le permito que me llame por mi nombre—. ¿Sabes una cosa, Jesse? Llevo todo este año, si no más, preguntándome por qué eres tan distante conmigo. He gastado una cantidad francamente vergonzosa de energía tratando de averiguar qué te había hecho para merecer, en el mejor de los días, que me ignoraras y, en el peor, que me trataras como si fuera una seta venenosa que se había atrevido a crecer fuera de tu absurdo huerto de diseño.

Se hace el silencio. Me mira con cara de no entender lo que está pasando.

—Vivo en un complejo de apartamentos.

—¿Y?

—No tengo huerto.

—Eso es irrele... —Aprieto los dientes—. Jesse, si tú y tus amigos queréis jugar sucio, te advierto desde ya que hay mucho ponche de huevo en este mundo esperando que alguien lo derrame en el regazo de un capullo, así que…

—Viola. —Se pone de pie y, en un abrir y cerrar de ojos, lo tengo enfrente, elevándose sobre mí, lo que me provoca un microflashback del momento muérdago, cuando me miró y, por un instante, pensé que tal vez…—. ¿De qué estás hablando?

Doy un paso atrás. Trago saliva.

—Los he oído. A tus amigos. Estaban hablando de vuestro ridículo plan. —Frunce el ceño—. Deja de mirarme como si fuera una loca recitando el evangelio a gritos mientras se masturba en el metro.

—Me encantaría, pero lo de entrar aquí vociferando sin motivo aparente no ayuda.

Pongo los ojos en blanco.

—Sé que tú y tus coleguitas contáis con que StarPlay elija a Nephilim en lugar de a nosotros. Pasaba por la sala de juegos y he oído a John decir que no tenéis intención de esforzaros por establecer una colaboración con nosotros porque sabéis que tenéis más posibilidades de conseguir el proyecto y… ¡Eh! —Jesse se dirige hacia la puerta y yo me vuelvo en su dirección—. ¡Para!

No para. Sus pasos no vacilan, al menos hasta que alargo la mano para agarrarlo por la parte de atrás de la camiseta.

Se da la vuelta para mirarme.

—¿Qué haces?

Suelto la tela como si fuera una olla de agua hirviendo, un poco avergonzada.

—¿Te vas así, sin más?

—Sí. Tengo algo que hacer.

—No puedes irte en medio de una conversación.

—¿Hay alguna ley que lo prohíba? —Me mira con los ojos entrecerrados, denotando impaciencia.

Aparte del día del muérdago, nunca me había mostrado ninguna emoción de forma tan clara, y algo dentro de mí, algo que de alguna manera había logrado sobrevivir al peso de su indiferencia durante estos años, finalmente se rompe.

—Mira, Jesse, lo creas o no, no soy radioactiva. En mi última revisión médica no di positivo en ninguna enfermedad contagiosa. Me cepillo los dientes con regularidad, no intento convencer a nadie para que invierta en criptomonedas, uso desodorante y antitranspirante, nunca doy recomendaciones de pelis y series no solicitadas...

—¿Has terminado? —Cruza los brazos sobre el pecho, demasiado ancho para...

Sí. *Podría* haber terminado. Pero ahora que Jesse Andrews está delante de mí y me está escuchando, me doy cuenta de que hay más cosas de las que me gustaría hablar.

—¿Te he hecho algo? —La pregunta se me escapa en voz baja, un poco apagada. Me sorprende, y a Jesse también, a juzgar por cómo abre los ojos.

—No, no me has hecho nada. —Su tono también es más bajo—. ¿De qué va todo esto?

—Vale, porque que no te caiga bien es una cosa, estás en tu derecho y tal, pero siempre te comportas como si no soportases tenerme cerca, y sé que no es paranoia mía porque te oí hablar con mi primo en la fiesta de compromiso y...

Se oyen risas al otro lado de la puerta cerrada. Hay varias personas caminando por el pasillo y reconozco fácilmente a los dueños de las voces: Ashley, John y...

Jesse se da la vuelta para ir tras ellos, pero no puedo dejar que se vaya ahora que tengo esperanzas de descubrir la razón de esta dinámica tan tensa que hay entre nosotros. Sin pensarlo, lo agarro de nuevo. Esta vez mi mano se encuentra con su brazo y lo sujeto por la muñeca mientras lo atraigo hacia mí.

—Jesse, ¿podemos, por favor...?

Sin aparente esfuerzo, se zafa de mi agarre y da un paso atrás, aumentando la distancia entre nosotros. Se frota la muñeca como si el contacto le hubiera dejado una cicatriz. Cuando por fin me mira a la cara, está sonrojado, apretando la mandíbula y con los ojos ardientes de... algo.

Se le ha acelerado un poco la respiración. Por razones desconocidas, a mí también.

—Perdona. —Me pongo roja—. No era mi intención. No pretendía...

Da media vuelta, sale de la habitación y me deja con la palabra en la boca, sola en medio de la biblioteca, preguntándome qué leches acaba de pasar. Exhalo lentamente, me froto los ojos con el pulgar y el índice y dejo caer el brazo a un lado.

Y entonces me percato de algo.

En el sillón donde estaba sentado Jesse hay un viejo libro de tapa dura, abierto bocabajo. Es evidente que se trata de un ejemplar que se ha releído varias veces: tiene las esquinas desgastadas por el uso y está lleno de esquinas dobladas y post-its.

El corazón abatido, pone en la cubierta. *Saga Limerence: volumen 1.*

Capítulo 6

A la mañana siguiente, antes de bajar a desayunar, tengo que rogarle a mi frente que deje de fruncir el ceño.

Todo irá bien, me prometo a mí misma cuando veo que los músculos no se relajan. *Encontraremos la manera de resolverlo.*

Aunque no lo tengo tan claro. En mi habitación hace frío y no hay manera de que se caliente por mucho que suba la calefacción. Me he pasado la noche dando vueltas en la cama, con mis pensamientos convertidos en un revuelto de resentimiento, decepción, rabia y miedo; un miedo desconsolado a que mi oportunidad de trabajar con *Limerence* se vaya al garete. Porque lo que dijo John es cierto: si StarPlay tiene que elegir entre nosotros y Nephilim, se decantará por la opción más completa.

Y esa opción no somos nosotros.

He enviado un mensaje a Mike alrededor de las tres de la madrugada.

VIOLA: ¿Podemos hablar? A solas.
De diseñadora jefe a director ejecutivo.

Su respuesta ha llegado a primera hora de la mañana.

MIKE: Por supuesto. ¿Después del desayuno te va bien? ¿Tú vas a ir a esquiar?

VIOLA: No, valoro demasiado la integridad de mi cráneo.

MIKE: Qué coincidencia, yo también. Pues quedamos cuando todos se vayan.

Me siento en la cama, abatida, y oigo a Jesse moverse por su habitación. La madera cruje, noto la vibración de sus pasos a través de la pared y lo siento extrañamente... cerca. Sólido, presente y real.

Lo odio. A él, a su plan y a la cara de desconcierto que puso cuando lo toqué, como si fuera una intrusa en su vida. Odio estar cerca de él y me encantaría apuñalarlo con una lima de uñas. Está claro que ese hombre no es una buena influencia ni para mi autoestima ni para mis antecedentes penales.

Lo primero que noto al entrar en el comedor es que se ha decidido no seguir con lo de los puestos asignados. Ya no hay tarjetitas con los nombres y los equipos de Nephilim y FlyButter están separados con una precisión quirúrgica. Me recuerda a los grupos de chicos y chicas en una clase de educación sexual del instituto.

Sin mucho entusiasmo, cojo una magdalena de arándanos y una taza de chocolate caliente, y luego me siento junto a Shannon, que luce la expresión alegre pero cansada de quienes han estado follando como conejos a escondidas.

Unos asientos más a la derecha, veo a Jesse comiéndose un platito de huevos. Se lleva la comida a la boca con una eficiencia despiadada, sin participar en las conversaciones que fluyen a su alrededor. Vuelve a llevar las gafas. Me fijo en los detalles más insignificantes, como lo bien que se ajustan a su nariz o la forma en que las patillas desaparecen entre los rizos de sus sienes.

—¿Todo bien? —me pregunta Shannon.

—Sí. Es que...

¿Le cuento lo que escuché anoche?

No. Mejor que no. Porque, si la gente de FlyButter se entera, lo tomarán como la excusa perfecta para declararle la guerra a Nephilim. Y, aunque se podría argumentar que esa gente se merece que le rayen el coche —o, seamos sinceros, que se lo quemen—, me he despertado con una única convicción: quiero trabajar en *Limerence 3.*

Quiero darle mi toque personal a ese juego. Quiero ver a los niños jugando con sus padres. Quiero poder pensar en lo mucho que el mío habría disfrutado haciendo lo mismo conmigo. Y, dado que no logro imaginar ningún escenario en el que una guerra abierta entre los dos estudios me lleve a participar en su diseño...

Mis pensamientos se tambalean hasta detenerse cuando veo que Jesse se levanta tras terminarse lo que le queda de zumo de naranja. Otros hombres quizá necesitarían aclararse la garganta para llamar la atención de la sala, pero este no. Todo el mundo se queda en silencio al instante, mirando su expresión sombría, que parece coincidir con lo que yo siento.

—Voy a ir al grano —dice, cruzando los brazos sobre el pecho como un portero de discoteca.

Suena... No sé. ¿Cabreado? ¿Amenazante? No hay rastro de la afable calma que suele mostrar cuando habla con..., bueno, con personas que no son yo. Me estremezco ante su tono y, cuando miro a mi alrededor, la mayoría de los presentes parecen igual de alarmados.

—No tengo autoridad sobre nadie de FlyButter, pero soy el diseñador jefe de Nephilim y, como todos sabéis, dirijo la propuesta del proyecto *Limerence 3*. Lo que voy a decir va exclusivamente dirigido a mi equipo, pero lo quiero compartir en público para que *todos* los que estáis en esta sala sepáis cuál es mi postura.

La mayoría de la gente que no se siente cómoda hablando en público tiende a buscar una persona en la que fijar la mirada para que le transmita seguridad. Lo sé porque yo también lo hago. Jesse, en cambio, no. Sus ojos repasan los rostros de todos los presentes de forma ineludible, como si nos retara a distraernos o a contradecirlo. Cuando queda claro que nadie es tan tonto como para hacer tal cosa, su mirada fría, muy fría, se detiene en John.

—Ya he tenido esta conversación con algunos de vosotros en privado. Pero no estoy seguro de a oídos de quién ha llegado la mierda sobre la que me informaron ayer, así que voy a dejar algo muy claro.

Una pausa. Tengo la sensación de que todos estamos conteniendo la respiración.

—Este retiro *no* es una pérdida de tiempo. Su propósito *no* es meternos con los de FlyButter para que se retiren, y, si esa es la impresión con la que habéis venido hasta aquí, os invito a que regreséis a casa y abandonéis el proyecto. Soy consciente de que ha habido problemas entre nuestros estudios en el pasado, pero el objetivo es superarlos. Si no estáis dispuestos a hacerlo, ya sabéis dónde está la puerta.

Espera un momento antes de continuar, como para dar la oportunidad de marcharse si alguien quiere hacerlo. Me pregunto si también es consciente de que estamos todos paralizados por… él.

—Hay algo que algunos no acabáis de entender: tanto FlyButter como Nephilim son estudios independientes de tamaño medio. Ninguno de los dos tiene la capacidad suficiente para emprender un proyecto de las dimensiones de *Limerence 3* y cumplir la visión de StarPlay por sí solo. Hay estudios más grandes que están esperando para intervenir si la cagamos, así que permitidme que lo deje claro: esto no es un «o ellos o nosotros»; es un «ellos y nosotros o ninguno de los dos». Y permitidme también que revele algo personal: tengo muchas ganas de trabajar en este juego. Así que, si pillo a alguien haciendo algo que se interponga entre este proyecto y yo, pienso tomar cartas en el asunto. De inmediato.

Su tono de amenaza me provoca un escalofrío y, a su vez, hace que mi opinión sobre Jesse Andrews y su papel en esta industria cambie. Siempre he respetado su trabajo, pero después de lo que pasó hace un año no pude evitar verlo como una especie de enemigo. Sin embargo, ahora mismo es mi aliado, quizá el mejor de todos.

A lo mejor por eso, en una decisión impulsiva que me sorprende incluso a mí, me levanto de la silla y digo:

—Como diseñadora jefe de FlyButter —intento que mi tono transmita la misma dureza e inflexibilidad que utilizo cuando mi sobrina intenta hacer trampa jugando al UNO—, secundo todo lo que ha dicho Jesse.

Noto la mirada ligeramente desconcertada de Mila. Ethan arquea las cejas. Kai frunce el ceño con una leve expresión de traición, pero me da igual. Ellos no le tienen tanto cariño como yo a *Limerence.*

—Y añado —continúo—: el objetivo no es solo que nos asignen el proyecto y embolsarnos los fondos. El objetivo es crear la mejor versión posible de este juego, y solo podemos hacerlo si trabajamos juntos. Si hay problemas personales entre los miembros de los dos equipos, por favor, acudid a mí y os ayudaré a resolverlos. Ahora bien, si oigo a alguien más haciendo comentarios sarcásticos, mostrándose innecesariamente antipático o creando un ambiente de trabajo hostil de la forma que sea... —Dejo la frase en el aire, porque... ¿qué? ¿Qué voy a hacer? No tengo poder para despedir a nadie sin la aprobación de Mike y...

—Será despedido —concluye Mike levantándose de repente.

Me siento tan aliviada que me entran ganas de besarlo. Aunque todo esto está dando un giro muy dramático hacia la escena de «Oh, capitán, mi capitán».

—Que quede claro —continúa— que respaldo todo lo que se acaba de decir. No tiene sentido tener a alguien en el equipo que no está dispuesto a trabajar en equipo.

Le sigue un breve momento de silencio en el que todas las miradas se dirigen a Otto. Al fin y al cabo, es el director ejecutivo de Nephilim. Necesitamos que nos respalde, y parece que él es consciente de ello, porque se levanta con un suspiro resignado y se dirige a su gente para decir:

—Si me fastidiáis este proyecto, si pillo a alguno de vosotros provocando peleas, discutiendo o siendo un incordio en general, no solo estará despedido, sino que acabará en una lista negra. Tengo cosas que hacer. No me hagáis perder el tiempo. Como siempre, lo que dice Jesse va a misa.

Mike mira a Otto como si fuera un caballero que se ha quitado el casco para sacudir sensualmente su exuberante cabello pelirrojo. Tarda un minuto largo en apartar la vista.

—Bien. —Se aclara la garganta—. ¿Alguien tiene algo que decir sobre este asunto?

Silencio.

—¿John? —interviene Jesse. Sigue con los brazos cruzados y una actitud tajante—. ¿Algún comentario?

—No —responde él entre dientes.

Observo cómo todas las cabezas se menean enérgicamente para decir que no, como si nunca nadie hubiera estado en desacuerdo, como si a ninguno de nosotros se nos hubiera ocurrido la idea de meter chinchetas en la cama de los demás.

Por primera vez desde que llegué a esta casa, la sonrisa que se dibuja en mis labios es sincera. *Ahora sí que sí,* pienso para mis adentros.

Capítulo 7

Me permito albergar la esperanza de que las cosas salgan bien, aunque con cierta reticencia.

Puede que nuestro discurso motivador barra ultimátum improvisado los haya pillado a todos por sorpresa y que sigan andando con pies de plomo durante una o dos horas, pero con un poco de esfuerzo podremos superar el bache.

—Necesito vuestra ayuda —les digo a Ethan y Shannon cuando me acorralan después del desayuno para preguntarme si los yetis me han secuestrado y lavado el cerebro—. Por favor, ¿podéis intentar romper el hielo e interactuar con quien sea de Nephilim que no odiéis? Hacedlo por mí. Limpiaré el microondas de la sala común todo el mes que viene.

—Y los dos siguientes —replica Ethan.

Lo fulmino con la mirada.

—¿Qué tal una semana y, como extra, *no* le digo a Mike que te despida?

Él inclina la cabeza para ocultar una sonrisa.

—Tus deseos son órdenes, mi señora.

Y hacen lo que les he pedido.

Un poco más tarde, los veo dirigirse a las pistas negras con Otto, Jesse y un puñado de personas más, y le lanzo un beso a Ethan. Él finge atraparlo y guardárselo en el bolsillo, lo que hace que Shannon niegue con la cabeza, divertida, y Jesse aparte la mirada.

Es evidente que nuestra cursilería le resulta vomitiva, y no lo culpo.

No tenía pensado salir de la casa rural, pero cuando Clara y otro ingeniero de Nephilim me preguntan si quiero ir con ellos a probar una de las pistas más fáciles, aprovecho su oferta para entablar amistad. Pasamos la mañana bajando a paso de tortuga por una superficie prácticamente horizontal. Tres adultos rodeados de un grupo de niños de ocho años. Digamos que esta no era mi definición de «pasarlo bien», pero descubro que en realidad disfruto siendo pésima en algo si voy acompañada de gente que es igual de pésima que yo. Por la tarde, me acurruco frente a la chimenea del piso de arriba con *El corazón abatido* en mano, tratando de no pensar en la copia de este libro que también está de vacaciones bajo este mismo techo.

Es la séptima vez que lo releo en estos últimos siete meses. De hecho, ya he leído toda la saga tantas veces que probablemente podría recitarla de memoria. Y no es porque me guste la historia y me encante volver a encontrarme con estos personajes, que también, sino porque no puedo evitar la sensación de que se me escapa algo. Estoy muy orgullosa de las ideas que presenté a StarPlay para *Limerence 3* y sé que soy la persona adecuada para diseñar el juego. Pero, aun así, creo que puedo hacerlo mejor. Porque ahora mismo hay algo que no me encaja.

Para mí, lo más importante es Aqualuna. Quiero que el juego rinda homenaje a su fortaleza. Quiero mostrar lo formidable, independiente y resiliente que es. Quiero que su pasión por la aventura inspire a otros tanto como a mí. Y, sin embargo, siento que hay algo en ella que se me escapa, como si la versión que propuse no estuviera a la altura. La Aqualuna que creé para el juego carece de una cualidad que la del libro tiene en abundancia, pero no consigo identificar cuál es. Y necesito averiguarlo antes de que comience la producción.

Así que me paso la tarde releyéndolo. Otra vez. Me tomo unos once litros de chocolate caliente mientras, con una sonrisa, observo las mininubes en forma de estrella que flotan en la superficie de la taza.

Cuando regresa el contingente de la pista negra, el sol se está poniendo. Levanto la cabeza del libro en cuanto los oigo entrar y, cuando miro desde el altillo, me siento aliviada al verlos reír y bromear entre ellos mientras cuelgan los esquís.

Más tarde, después de una cena tranquila, algunos optamos por ir a una de las salas multimedia y hacemos un maratón de películas navideñas míticas mientras comemos palomitas.

—Por Dios —se queja Kai después de coger un puñado de las mías—. ¿Por qué no te comes directamente una barra de mantequilla con sal?

—Podría —respondo mientras mastico—, pero las palomitas son más fáciles de agarrar.

Me voy a la cama antes de que empiece la tercera película y Mike me acompaña entre bostezos. Estamos en medio de una acalorada discusión sobre si los gatos esfinge son increíblemente monos (yo) o unas criaturas horribles llenas de arrugas y con unas orejas descomunales (Mike), cuando Ashley aparece corriendo hacia nosotros. Se tambalea un poco y tiene una mirada suplicante.

—Gracias a Dios que estáis aquí. ¿Me podéis ayudar, por favor?

Mike y yo intercambiamos una mirada de desconcierto. Sin embargo, a juzgar por la forma en que Ashley a duras penas se mantiene en pie, dudo que esté en condiciones de darse cuenta.

—¿Estás bien? —le pregunta Mike—. ¿Necesitas un vaso de agua o algo? —No responde y él tampoco añade nada más mientras la seguimos a una habitación cercana.

Es una de las salas más pequeñas, equipada solo con una tele, un sofá y un par de sillas, pero no están viendo una película. Reconozco al momento los gráficos en la pantalla y sonrío.

—¿Estás jugando a *Red Dead Redemption 2?* Es mi juego prefe… Uy.

Al principio solo veo una mata de pelo que asoma tras el sofá; ese pelaje rojizo tan característico únicamente puede pertenecer a Otto. Luego veo otro mechón de pelo, más oscuro, justo al lado, y la PlayStation que está conectada al televisor.

Doy la vuelta al sofá, esperando encontrarme a Jesse y Otto desmayados. Sin embargo, están conscientes y muy ocupados jugando a un juego grotescamente letárgico. Consiste en quedarse quietos y pincharle el brazo al otro a intervalos alternos. De vez en cuando, se parten de risa. Y están demasiado absortos en la actividad como para prestarnos atención a Mike o a mí.

—¿Qué ha pasado? —susurro. Justo entonces veo las tres botellas abiertas que hay sobre la mesa de centro y la pregunta pasa a ser absurda. Todas están medio vacías. Me inclino para leer las etiquetas: vodka, vermut y algo que no había oído nunca llamado sambuca—. Eso es mucho alcohol.

—Es culpa mía —dice Ashley apoyándose en la pared—. Hemos jugado a un juego de beber.

—¿Qué juego?

—Ronda de chupitos cada vez que Dutch llama a alguien «hijo».

Suelto una carcajada.

—Eso son muchos chupitos.

—Correcto.

—Parece que tú aguantas el tipo mejor que ellos —señala Mike.

—Sí. Es porque siempre hago trampa y dejo de beber mucho antes, pero como ellos ya van medio borrachos, no se dan cuenta.

Mike y yo intercambiamos otra mirada: la suya, un poco crítica; la mía, de admiración ante su astucia.

—¿Necesitan…? Eh… —Mike se rasca la barbilla—. ¿Necesitan atención médica?

—No, qué va. Hacemos esto cada dos por tres.

—¿Jugáis a emborracharos con *Red Dead Redemption 2* cada dos por tres? —repito escéptica, apoyándome en la pared.

—Claro. ¿Tú no?

—No tengo la costumbre, no.

Ella hace un gesto con la mano como si quisiera decir que me deje de tonterías.

—Da igual. El siguiente paso suele ser que se quedan dormidos dondequiera que estén, así que… ¿podéis ayudarme a llevarlos a su habitación?

Mike frunce el ceño.

—Bueno, sí. Pero ¿estás segura de que…?

—¡Gracias! —Ashley se inclina para abrazarlo y le da un beso en la mejilla—. Sois los mejores. ¡Buenas noches!

Sale de la estancia con un paso desde luego más firme que antes y nosotros dos nos la quedamos mirando como tontos.

—Creo que no me cae bien —murmura Mike.

—Creo que se la suda —replico yo. Suspiro, y ambos nos colocamos delante del sofá, estudiando la escena con las manos en jarra. El siguiente paso parece haber comenzado. La frecuencia de los movimientos ha disminuido a cero. Jesse y Otto están medio tumbados bocarriba, con la cabeza apoyada en unos cojines y los ojos cerrados—. ¿Se están quedando dormidos? Y, como pregunta complementaria: sé que hemos negociado un acuerdo de paz con Nephilim, pero ¿sería de muy mal gusto sacarles fotos en esta situación tan comprometedora y difundirlas por inter…?

—Joder, es que es tan mono… —interrumpe Mike, claramente sin haber escuchado una sola palabra de lo que he dicho.

Sigo la dirección de sus ojos y me doy cuenta de que está mirando a Otto. Otto, que tiene la boca abierta y se le está cayendo la baba en la sudadera. También veo algo que podrían ser mocos en su mejilla derecha, pero ¿quién sabe? Igual es una verruga.

—Conque Otto es guapo, pero los gatos esfinge no, ¿eh? —murmuro incrédula, pero Mike parece decidido a ignorarme para dedicarse a otras actividades más interesantes. Concretamente, a apartarle el pelo de la frente con cariño a Otto. Madre mía—. Tío, ¿en serio? ¿Cuántas veces habéis roto y habéis vuelto?

—Solo cinco o seis. Siete si cuentas la noche de la GameCon, cuando…

—No quiero saber los detalles. Era una pregunta retórica.

—Ya —asiente Mike—. No tenemos mucho tiempo. Hay que llevarlos a la cama.

Resoplo, y entonces me doy cuenta de que no está de broma.

—¿Qué? ¿Por qué?

—Porque sí.

—¿Por qué sí? Aquí se está calentito. Todos los que estamos en la casa rural nos conocemos, así que no hay peligro de que les roben o los secuestren para venderlos como esclavos sexuales. Podríamos buscar un par de mantas y…

Debo de estar hablando demasiado alto. Otto no se inmuta, pero los ojos oscuros de Jesse se abren despacio.

Intenta enderezarse y varios rizos le caen sobre la frente, creando una especie de imagen perfecta de caos sofisticado. ¿Cómo consigue tener pinta de empollón, de atleta y de poeta a la vez?

—Viola —dice. Bueno, más bien balbucea con una voz grave y ronca.

Suspiro.

—Yo misma.

Murmura algo más, algo que suena parecido a «buen sueño», pero no consigo entenderlo. Sus labios carnosos están ligeramente entreabiertos y hay algo casi pacífico en la forma en que me mira. Sus ojos, siempre atentos, ahora están vidriosos, confusos, pero sus mejillas tienen un color bonito, rojizo, y me recuerdan el encuentro de anoche.

Quiero tocarlas. Ver si irradian tanto calor como imagino.

—Viola te llevará a tu cuarto —dice Mike, inclinándose para pasar el brazo por debajo del cuello de Otto—. ¿De acuerdo, Jesse?

Él asiente con la convicción de un perezoso que acaba de despertar de una siesta de veinticinco años, y yo me quedo sin palabras el tiempo suficiente para que Mike levante a Otto y se encamine hacia la puerta.

—Espera un momento —digo—. Otto pesa la mitad que Jesse. Y yo peso menos que tú, así que tendría más sentido que yo...

—Asegúrate de poner un cubo o algo similar junto a su cama —grita antes de doblar la esquina—. Por si le entran ganas de potar.

La habitación se sume en el silencio y yo me quedo allí, sola, como la tonta que soy. Bueno..., no del todo sola.

Mis ojos se desvían hacia Jesse, que parece haberse vuelto a dormir, esta vez con la cabeza inclinada hacia adelante.

—Mierda —murmuro.

Al menos es un borracho más elegante que Otto. No hay mocos ni baba. Debato los pros y los contras de dejarlo aquí para que digiera tranquilamente el etanol y, al final, el factor decisivo es que, a pesar de todos los años de incomodidad entre nosotros, lo que ha hecho esta mañana puede que haya salvado mi sueño de trabajar en *Limerence 3*.

—Oye —le digo. Al no obtener respuesta, empiezo a darle golpecitos en el bíceps. El cual, hay que reconocerlo, concuerda con el de alguien que hace triatlones y tiene opiniones sobre el ácido láctico—. ¿Puedes...? Jesse, ¿puedes despertarte?

Levanta la cabeza con esfuerzo. Supongo que no da para más.

—Te has quedado dormido aquí, así que voy a llevarte arriba, a tu habitación, ¿vale? ¿Puedes caminar un poco? Yo, si quieres, te ayudo a mantener el equilibrio, pero pesas mucho y...

—Viola —repite, esta vez con la voz entrecortada. Por alguna razón, su tono me hace sonrojar.

Sinceramente, es posible que me caiga mejor borracho que sobrio. Algunas personas se vuelven agresivas cuando se pasan levantando el codo, pero Jesse ahora está más dócil. Cuando por fin descubro cómo colocarme su brazo sobre los hombros, el proceso de arrastrarlo a la cama funciona sin problema.

Intento no pensar demasiado en el día anterior y en su expresión cuando le agarré la muñeca. No creo que le guste que lo toquen. *Bueno, técnicamente solo lo estás tocando por encima del jersey,* pienso mientras lo llevo arriba y siento su calor cuando se apoya en mi costado. Puede que esta sea la interacción más agradable que hemos tenido hasta la fecha. Y sí, cuenta aunque esté casi inconsciente.

La distribución de su habitación es exactamente igual que la mía: una enorme cama con dosel, grandes ventanales que dan a un balcón y una zona de estar con una mesita redonda y dos sillas. No me sorprende descubrir que es un poco maniático del orden, por lo que, a diferencia de la mía, en la suya no parece que haya pasado un huracán.

—Dos pasos más y estaremos en la cama —le digo un poco sin aliento por el esfuerzo de llevarlo casi a cuestas. Jesse murmura en señal de acuerdo y, cuando toca el colchón con el muslo, se deja caer bocarriba. Sus rizos, un poco demasiado largos, rebotan sobre la almohada. Le quito los zapatos y le subo las piernas a la cama.

—Me debes una —le digo, aunque sé que no recordará nada de esto.

Acerco la papelera a la cama, enciendo la lámpara de la mesilla y me dispongo a salir. Siento que esta noche realmente me estoy ganando el cielo. De repente, una mano me agarra por la muñeca. Me sobresalto, tropiezo con la mullida alfombra, pierdo el equilibrio y caigo de culo en el borde de la cama.

—Mierda…

Los dedos de Jesse son cálidos y firmes contra mi piel; su agarre, lo bastante fuerte como para sujetarme. Va muy pedo, así que sé que podría liberarme sin mucho esfuerzo, pero, cuando bajo la vista, me lo encuentro mirándome con una expresión tranquila y contemplativa que me hace detenerme.

—¿Estás...? ¿Necesitas algo? Puedo traerte un poco de agua si... —Mi voz se apaga en el momento en que me suelta la muñeca. Siento frío en la piel, como si ya echara de menos su tacto, aunque tal vez no sea eso. Tal vez el frío venga dado por la sensación de sus dedos recorriéndome el brazo, lentos, ligeros y decididos, hasta que llegan al hombro y se detienen.

—Tú... —dice, y me resulta extraño que su voz de pronto suene notablemente sobria— eres lo más bonito que he visto nunca.

Una ola de calor me recorre el pecho. Suelto una risa nerviosa para reprimirla.

—Debes de haberme confundido con otra persona...

La mano de Jesse se mueve hacia arriba, pasa del hombro a la barbilla, y vuelvo a sentir el calor de su piel. Posa el pulgar en mis labios, se queda allí y... me cuesta seguir hablando con su dedo sobre la boca.

—Viola... —susurra.

El tiempo se vuelve más denso. Más lento. No hay más aire en el espacio entre nosotros y una tormenta estalla en mi pecho. El pulgar de Jesse se desliza de un lado a otro sobre mi labio inferior, con una mirada melancólica, anhelante y hambrienta que no logro comprender.

Hasta que su boca se tuerce en una triste media sonrisa y dice:

—No he podido pensar en nadie más desde que te conocí.

Y, tras eso, cierra los ojos, baja la mano y cae en un sueño profundo.

Capítulo 8

Por supuesto que *no* me paso horas mirando al techo dándole vueltas a lo que ha pasado.

Para nada.

Y, si lo hago, probablemente sea por la cantidad de chocolate caliente que he tomado durante el día, ya que contiene cafeína, según me informa una búsqueda en Google a las tres de la mañana. O tal vez sea por el frío que hace en esta habitación, que me ha calado los huesos y parece haberse convertido en parte de mí a pesar de las mantas, la calefacción y las capas de ropa que me he puesto.

No tiene *nada* que ver con Jesse, que seguramente no ha querido decir lo que ha dicho. Estaba borracho. Medio dormido. Fuera de sí.

Pero ha dicho tu nombre, me susurra una vocecita al oído. «Viola». Con el mismo tono preciso que podría haber usado para informarme de que mi parte del juego es un desastre y ha causado considerables problemas de ralentización. Ha dicho «Viola», me ha mirado y luego me ha tocado. Me ha tocado de una manera muy concreta. *Ha dicho que le parecías bonita.*

También ha pasado de ti durante cinco años y dijo que no quería tener nada que ver contigo, me recuerda una voz más sensata y con menos tacto. Sin duda, tiene razón.

Acabo durmiéndome a primera hora de la mañana y me despierto tarde, aturdida y ansiosa. Veo que fuera está nevando, grandes copos silenciosos que tienen pinta de que van a cuajar; hasta yo, que no tengo ni idea de meteorología, lo sé. Me pregunto si las precipitaciones harán que más gente se quede a cobijo y evite las pistas. Luego reviso los mensajes, encuentro el de Mike y me doy cuenta de que la persona a la que más me interesa evitar no va a ir a esquiar de todos modos.

MIKE: ¿Qué te parece si tenemos una reunión a primera hora de la tarde? Otto, Jesse, tú y yo. Así podremos asegurarnos de que estamos en sintonía respecto a Limerence 3 y presentaremos un frente unido al equipo en caso de que tengan preguntas.

Cierro los ojos y me siento en el borde de la cama hasta que empiezo a temblar de frío.

Cuando llego al comedor, ya no sirven el desayuno, así que me conformo con un café frío, un *bagel* un poco seco y una mermelada de uva de aspecto sospechoso. Estoy sola en la mesa cuando Ethan entra y se sienta frente a mí. Mira a su alrededor con recelo, como si temiera que lo siguieran, y luego se inclina para susurrar:

—Tenemos que hablar.

Parpadeo y dejo el *bagel* en el plato. De todos modos, está asqueroso.

—Vale.

—Es un asunto un poco delicado.

—Eh… ¿Vale? —Dudo. Ethan suele ir al grano. Por eso me cae bien—. ¿Es algo relacionado con Shannon?

—No. Bueno. —Inclina la cabeza—. Sí. En parte. De forma indirecta.

Madre mía, esto no augura nada bueno.

—Vale. A modo de advertencia, si tiene algo que ver con vuestra vida sexual, quizá no sea la persona más indicada para que le pidas consejo, porque no me apetece tener la imagen mental de Shannon y tú haciendo cosas que impliquen, no sé, pies o esposas o…

—¿Le has dicho a alguien que estamos saliendo? —pregunta con total seriedad.

—¿Qué? No. Sé que los dos habéis decidido mantenerlo en secreto y…

—No, me refería a… tú y yo. ¿Le has dicho a alguien que tú y yo estamos saliendo?

No sé lo que me esperaba, pero, desde luego, no esto.

—¿Qué?

Se frota la mandíbula con la palma de la mano.

—Vale, sé que esto va a sonar absurdo, pero… hay gente que cree que eres mi novia. Y que yo soy tu novio. Y… sé que a veces decimos que eres mi mujer en el trabajo y hacemos bromas sobre ese tipo de cosas por todas las noches que pasamos en la oficina, pero quería asegurarme de que…

—¿Qué? ¿Quién? ¿Quién piensa eso?

—Bueno, a juzgar por la forma en que me ha acorralado contra la pared, Jesse Andrews.

Abro la boca para responder, pero no me sale ningún sonido durante un buen rato. Cuando por fin lo logro, mi voz suena parecida a un graznido.

—Pero ¿por qué…? ¿Por qué haría eso?

Ethan se encoge de hombros.

—Nos ha visto a Shannon y a mí cogidos de la mano. Puede que incluso besándonos. Esta mañana temprano hemos salido a dar un paseo y, al volver, pensábamos que estábamos solos y… En fin, Shannon se ha ido a su habitación a ducharse y… —Se frota la nuca, claramente molesto—. Nunca había visto a Jesse así. Siempre pensé que era un tío tranquilo. Quiero decir, ayer estuvimos esquiando juntos y lo pasamos de maravilla, así que…

Me he quedado muda.

—Pero… ¿qué tiene que ver eso con que yo sea o no sea tu novia?

—Esa es la cuestión. Cuando nos hemos quedado a solas en una de las habitaciones, me ha fulminado con la mirada de tal forma que casi me cago encima y me ha dicho que, si soy el tipo de capullo que engaña a su pareja bajo el mismo techo en el que ella está durmiendo, al menos podría esforzarme más por evitar que me pillaran. Y luego me ha recordado que tú estabas arriba y que podías bajar en cualquier momento, lo mucho que te dolería y…

—¿Qué coño…? —exclamo casi gritando, y Ethan me hace callar frenéticamente.

—Oye, no hables tan alto.

Estoy demasiado impactada por lo que me ha dicho como para recordarle que estamos solos. Me inclino hacia él sobre la mesa y le susurro:

—Nunca he dicho ni insinuado que tú y yo estemos saliendo. Y mucho menos a Jesse. Apenas he hablado con él.

Anoche sí que hablasteis, murmura la vocecita. *Y la anterior.*

Sí, responde con dureza la voz más sensata. *Y mira cómo hemos acabado.*

—Ya, lo suponía. Quiero decir… No sé por qué te lo pregunto. Sé que no harías tal cosa. —Ethan se encoge de hombros—. Jesse debe de haberlo dado por hecho. Al fin y al cabo, es cierto que tú y yo solemos estar pegados como uña y carne durante las convenciones, pero solo es porque tienes un gusto impecable a la hora de elegir a qué charlas asistir.

Le dedico una sonrisita de satisfacción.

—Lo mismo digo. —Ethan tiene razón. Jesse debe de haberlo dado por sentado basándose en pruebas circunstanciales. Es la única explicación posible.

O lo sería si no requiriera de un nivel de atención hacia mí que no me imagino que Jesse tenga. No está tan interesado como para preguntarse siquiera por mi vida sentimental.

O al menos eso es lo que creía hasta anoche.

«No he podido pensar en nadie más desde que te conocí».

—Me alegro de que lo hayamos aclarado. —Ethan parece aliviado—. Lo cierto es que no me imaginaba que Jesse fuera ese tipo de persona.

—¿Qué tipo?

—Del que me amenaza porque cree que estoy engañando a una chica que apenas conoce. Me parece un poco… ¿de troglodita?

—De troglodita —repito.

—Sí. Esa actitud sobreprotectora… Prácticamente me ha ordenado que te lo contara todo. No pega nada con él.

—Cierto —coincido. Mi mente da vueltas por lugares extraños y acabo mareándome.

«Eres lo más bonito que he visto nunca».

—Al final se lo he contado, por cierto —añade Ethan—. No había otra salida.

—¿Que le has contado el qué?

—Que no estamos juntos. Que Shannon y yo llevamos semanas acostándonos y que estoy enamorado de ella. ¿No es raro que le haya confesado esto último a Jesse Andrews antes que a Shannon? —Niega con la cabeza, sonriendo—. Pero es la verdad. Creo que me estaba costando asumirlo, pero Jesse es tan alto y se le veía tan enfadado que no he querido arriesgarme a ocultarlo. No sé, quizá haya sido positivo decírselo a él. El pánico me ha hecho aclarar algunas cosas, ¿sabes?

—¿Qué ha hecho…? —Tengo la boca más seca que un esparto. Trago saliva antes de continuar—. ¿Qué ha dicho él cuando se lo has contado?

—Nada. Solo se ha disculpado y se ha marchado. Parecía… un poco atónito si te soy sincero. Como si le hubiera dicho que Papá Noel y el Ratoncito Pérez no existen.

Me apoyo contra el respaldo de la silla. Ethan pasa a hablar de un tema que no tiene nada que ver: un juego irlandés sobre duendes que descubrió el otro día y que es «una puta locura». Dice que tengo que probarlo sin falta, pero ya no le estoy prestando atención.

Porque lo único en lo que puedo pensar es en la voz de Jesse cuando dijo: «Viola».

■ ■ ■ ■ ■

Después de mi conversación con Ethan, busco a Jesse por toda la casa, pero no lo encuentro por ninguna parte. Estoy convencida de que me está evitando. Cuando llega la hora de la reunión, estoy tan segura de que no aparecerá que doy un respingo al verlo sentado en la mesa de roble.

—¿Has visto una araña o algo? —me pregunta Otto con su habitual tono burlón, que empiezo a sospechar que es el único que tiene. Una pena, tanto para él como para el resto de los mortales.

—No —respondo—. No.

Mike señala la silla que hay junto a él.

—Siéntate, Vee.

Jesse está frente a mí, bebiendo tranquilamente de una taza de café negro como el azabache. Lo observo con recelo, deseando que me mire a los ojos, pero, incluso cuando por fin lo hace, su mirada es inescrutable. Nada en su comportamiento, actitud o tono delata que hace unas horas casi agarra a Ethan del cuello porque sospechaba que me estaba poniendo los cuernos.

Fascinante, pienso mientras él comienza la reunión mostrando algunos diseños en su tableta y presentando algunas ideas sobre cómo adaptar mejor ciertos aspectos de *Limerence* a los diferentes niveles, misiones, herramientas y personajes. Está claro que Otto tiene un papel pasivo en Nephilim; él se encarga más de la parte logística y financiera que de la creativa, y, cuanto más escucho a Jesse, más me alegro de que así sea.

Porque Jesse Andrews sabe de qué va.

La primera y segunda entrega de los videojuegos de *Limerence* estuvieron bien. Tenían algún que otro momentazo, pero también varias limitaciones, entre ellas el hecho de que utilizaban la construcción del mundo y el sistema mágico de los libros para crear historias completamente nuevas con personajes inventados. Jesse, al igual que yo, no tiene intención de hacer eso y planea ceñirse mucho más al material original.

Saberlo hace que mi corazón se acelere.

Necesito hablar contigo, le digo en silencio. *A solas. Ahora mismo. Necesito hacerte… muchas preguntas.*

—Quizá cuatro actos sea demasiado ambicioso —dice—, pero no creo que StarPlay se oponga a ir a lo grande.

—¿Estás decidido a que haya la opción de elegir entre dos personajes? —pregunta Mike frunciendo el ceño.

Jesse asiente.

—Es lo mejor.

—Y entiendo que serían el hechicero y la humana, ¿no?

—Correcto.

—Espera un segundo. —Levanto el dedo para interrumpirlo—. ¿Tú has propuesto que se pueda elegir si jugar con el personaje de Aqualuna o con el de Noham?

—¿Tú no? —Parece tan sorprendido como yo.

—Bueno… La saga está narrada desde el punto de vista de Aqualuna.

Él asiente.

—¿Y?

—Y... —Me quedo en silencio.

¿Y?, me pregunto recostándome en la silla para pensarlo con detenimiento. Siempre he conceptualizado *Limerence* como una historia que principalmente iba sobre Aqualuna, y lo sigo pensando. Pero eso no quiere decir que Noham no siga su propio arco en los libros. Puede que nunca estemos dentro de su cabeza, pero Aqualuna y él tienen tantas conversaciones profundas y comparten tanto espacio en las páginas que al final es tan protagonista como ella.

Sin embargo, habilitar la opción de escogerlo como personaje con el que jugar cambiaría por completo la estructura narrativa. Requeriría...

—No sé yo. —La voz de Otto interrumpe mis pensamientos—. Nos resultaría mucho más fácil tener solo una opción de personaje.

—Sí —coincide Mike—. Siendo sinceros, el papel de Noham es tan complejo que resulta complicado adaptarlo incluso como personaje secundario. Podemos eliminarlo y darle a la chica otros compañeros, quizá alguno de los dos primeros juegos...

—No —digo.

Con tanta rapidez y firmeza como Jesse.

Mike nos mira a ambos como si se sintiera un poco traicionado porque nos estamos aliando en su contra.

—Vale. —Se encoge de hombros—. Si lo preferís, podemos eliminar a Aqualuna y tener a Noham como...

—No —volvemos a decir al unísono, con tanta vehemencia que Mike se encoge en su silla.

—¿Qué os pasa?

Suelto un bufido.

—¿Que qué nos pasa? ¿Qué te pasa a ti?

Mike frunce el ceño.

—Pero si tú no habías pensado incluir la opción de Noham a la hora de elegir personaje, Viola.

—No, pero nunca se me ocurriría eliminarlo, ni tampoco a Aqualuna.

—A ver, yo solo intento ser pragmático.

—¿Te has leído los libros? —La pregunta de Jesse suena tan cargada de desprecio como yo me siento en este instante.

—Pues..., sí. Hace un tiempo. Iba a releerlos, pero de momento solo he terminado los tres primeros. O... más bien dos y medio. Es que son muy densos.

Jesse suspira, expresando exactamente lo que yo siento.

—Sin Noham o Aqualuna, sin ellos dos *juntos,* no hay historia —contesta con firmeza—. Quienes hicieron las dos primeras entregas del videojuego nunca llegaron a entenderlo. Por eso necesitamos una tercera. Si el título es el que es, es por ellos. Lo que hace que esta saga sea especial no son los monstruos ni los hechizos, sino la relación entre los dos personajes principales. Si los eliminamos, perdemos el espíritu de la historia. Ya puestos, mejor recogemos cable y adaptamos otra cosa, o diseñamos un juego desde cero.

Mike ladea la cabeza.

—Tampoco es para tanto.

Jesse entrecierra los ojos.

—¿Sabes lo que significa «limerence»?

—Ni idea.

—Es un amor no correspondido. El acto de desear a alguien a quien nunca podrás tener. ¿Lo has experimentado alguna vez?

Mike se sonroja.

Otto aparta la mirada.

Y yo… tomo la decisión inconsciente de continuar el hilo de pensamiento de Jesse.

—A lo largo de la historia, Noham y Aqualuna viven aventuras juntos. Empiezan como aliados a regañadientes, luego se hacen amigos y finalmente se enamoran. La mayoría de los lectores piensan que va a haber un final feliz, pero en el último capítulo del quinto libro descubrimos quiénes son en realidad.

—¿Y quiénes son? —pregunta Otto.

—Unos amantes reencarnados. Han pasado innumerables vidas juntos, pero están destinados a la desdicha eterna. Han sido maldecidos por los pecados de sus antepasados. Cada vez que renacen, solo uno de ellos recuerda sus vidas anteriores. Esa persona carga con el peso de saber que, en el momento en que el otro confiese su amor, morirá al instante.

Jesse asiente. Sus ojos reflejan la misma sorpresa que yo siento. Es como si ambos pensáramos: *¿Tú también? ¿Te encantan esos libros tanto como a mí? Tú sí que entiendes la historia, ¿verdad?*

—En la saga, Noham se da cuenta de que Aqualuna es su alma gemela en el momento en que se conocen —explica Jesse—. Pero también sabe que existe la maldición y es consciente de que, cuando ella le confiese su amor, recordará sus vidas pasadas. Él morirá y ella se quedará sola el resto de sus días.

—Y eso —continúo— dará comienzo a un nuevo ciclo. En la siguiente vida, Aqualuna será la que tenga poderes mágicos y Noham será humano, y solo recordará las vidas anteriores cuando le confiese su amor... y ella muera.

Otto hace una mueca.

—Madre del amor hermoso, qué deprimente.

—No es deprimente —replica Jesse. Sus ojos se encuentran con los míos durante una fracción de segundo que me deja sin aliento. Pasa tan rápido que me pregunto si ha sido cosa de mi imaginación. Me lo quedo mirando para ver si alza la vista de nuevo, pero él vuelve a estar centrado en su tableta y saca un diagrama sobre la estructura de los niveles, lo cual significa que quiere dar el tema por zanjado. Aun así, añade algo en voz baja, como si lo dijera para sí mismo en vez de para que los demás lo escuchemos—: Es una oda al poder del amor. Al deseo y a la forma en que el sentimiento puede sobrevivir a lo largo del tiempo. Incluso aunque nunca se llegue a conseguir estar con esa persona.

Capítulo 9

Una vez terminada la reunión, me muero de ganas de hablar a solas con Jesse, pero Mike —igual de oportuno que un ejecutivo que compra un montón de acciones el día antes de que se desplome el mercado— me pide que lo ayude a elegir un regalo para la boda de su primo. Cuando terminamos de ver las tropecientas opciones de toallas, alzo la vista, pero ya se ha ido y…

¿Sabes qué? A la mierda.

Salgo corriendo hacia mi habitación. Paso junto a Kai, Manny y Mila, todos enfundados en abrigos, gorros de lana y guantes de esquí.

—¡Anda, Vee, estás aquí! Vamos a dar un paseo por la nieve, ya que la tormenta no parece demasiado intensa, ¿quieres venir con nosotros?

—No tengo tiempo —respondo subiendo las escaleras a toda prisa.

Una vez frente a la habitación de Jesse, no me lo pienso dos veces. Llamo a la puerta, sin duda con más fuerza de la necesaria, y enderezo los hombros al oír que se acerca. Abre y pone cara de sorpresa al verme, aunque solo por un segundo. Luego, su expresión se vuelve impenetrable y cordial.

—Hola. ¿En qué te puedo ayudar?

Me agacho para pasar por debajo del brazo que sostiene la puerta abierta, entro en la habitación y me coloco en el centro. Cuando me doy la vuelta, veo que tiene el ceño fruncido y cara de confusión.

—¿Qué haces? —me pregunta.

—¿Puedes cerrar la puerta, por favor?

Él suelta una risa desconcertada.

—¿Haces muy a menudo esto de colarte en la habitación de alguien y empezar a darle órdenes?

—Vale, como quieras. —Respiro hondo, me humedezco los labios y voy directa al grano—: ¿Te gusto?

Se queda inmóvil. Absolutamente paralizado, como si su corazón hubiera dejado de latir y sus pulmones hubieran dejado de respirar, y, durante unos segundos, me preocupa un poco haber desconfigurado a Jesse Andrews. O haberle provocado un cortocircuito. Sin embargo, al cabo de un instante aprieta los labios y cierra la puerta.

—¿Ves? —Me recuesto contra uno de los postes de la cama con una sensación de alivio en el estómago. Espero parecer más valiente de lo que me siento—. Ya sabía yo que querrías un poco de privacidad.

—No me digas. —Su tono es seco y me da la sensación de que está dándome largas, como si quisiera ganar tiempo, así que le pregunto de nuevo:

—¿Te gusto?

Aparenta estar muy tranquilo, pero es mentira. Me lo dice algo en lo más profundo de mi ser.

—¿Qué te hace pensar que me gustas?

—Pues el hecho de que me lo dijeras anoche. —Parpadea confundido—. ¿No te has preguntado cómo pasaste de estar jugando a *Red Dead Redemption* a estar en la cama? —Me señalo el pecho con el pulgar—. Fue gracias a la menda lerenda. Por cierto, pesas una tonelada.

Sus ojos se agrandan, esta vez con preocupación.

—¿Te toqué? Si hice algo que no…

—Para nada. Pero me confesaste que… —Me encojo de hombros. No creo que tenga el vocabulario adecuado para referirme a esto—. Que sentías algo por mí, a falta de un término mejor. Pensé que solo estabas borracho, pero luego he descubierto que esta mañana has agredido a Ethan por unos supuestos cuernos.

—No lo he *agredido.*

—Bueno, llámalo como quieras.

Pone los ojos en blanco y se cruza de brazos.

—¿Siempre es así de exagerado?

—Sí.

—Apenas he intercambiado un par de palabras con él.

Hago un gesto de impaciencia con la mano y continúo, tratando de parecer tranquila y racional, aunque por dentro sea todo lo contrario.

—La cuestión es que, desde que nos conocimos, has mostrado tal nivel de indiferencia hacia mí que, si hace veinticuatro horas alguien me hubiera preguntado si te interesaba, me habría reído en su cara. Y eso sin contar el incidente del muérdago o el hecho de que le dijeras a mi primo que no querías tener nada que ver conmigo. Porque sí, lo oí. Y, de repente, anoche sueltas algo sobre…

—No me atrevo a decirlo. *Sobre mí, sobre que soy bonita. Sobre que me deseas.* Así que opto por—: Sobre mi aspecto. Y esta mañana amenazas a mi amigo, porque sí, solo es un amigo, y... Bueno, no quiero parecer engreída, pero creo que es comprensible que tenga dudas sobre si... —hago una pausa y le aguanto la mirada un instante— te gusto.

Al final resulta que no me hace falta una respuesta. Una verbal, al menos. La forma en que me mira con sus ojos oscuros —y por una vez tan fáciles de leer— me basta. Este hombre puede esconderse y esquivar el tema, pero no es capaz de mentir. Y la verdad está ahí, en su rostro, visible para que yo la capte, la estudie y me maraville.

—Vale —murmuro. Mi voz suena extraña y ronca—. Me lo suponía.

Él cierra los ojos y se pasa la mano por el pelo. Mi cerebro registra el movimiento y lo único en lo que puedo pensar es en lo suaves que parecen sus rizos.

—Viola, yo...

Tú. Tú... ¿qué? Pasan los segundos, el silencio en la habitación solo se ve interrumpido por las risas que vienen de fuera, de la gente que ha salido a pasear por el bosque, y queda claro que Jesse no tiene intención de terminar la frase.

Pero, llegados a este punto, lo único que quiero es entenderlo.

—¿Por qué? —Me doy la vuelta y me acerco a la ventana, desde donde contemplo las ramas de los pinos que parecen a punto de desplomarse bajo el peso de la nieve—. ¿Es algo reciente? Debe de serlo. —Estoy pensando en voz alta. Barajando posibilidades—. De lo contrario, no me habrías evitado a toda costa durante años. Ni te habría parecido un horror la idea de besarme.

Junto a una de las terrazas, Kai se agacha para hacer una bola de nieve. Shannon se le adelanta y le mete una por el cuello. Ambos gritan mientras Mila los graba con el móvil.

—A menos que… —reflexiono. La posibilidad que se me ocurre casi me resulta demasiado dolorosa para verbalizarla—. A menos que lo detestes. A menos que te desprecies a ti mismo por ello. A menos que tu opinión sobre mí sea tan… tan pobre que te moleste la idea de sentirte atraído por mí y no puedas evitar ser un completo…

—No.

Me doy la vuelta. La cara de Jesse me resulta tan familiar y, sin embargo, tan nueva.

—No. Yo no… —Se pasa la mano por la cara con expresión de hastío—. Mi opinión sobre ti es que eres increíble, Viola.

Cuesta creerlo. De hecho, me resulta imposible. Esta situación parece sacada de una película de tres al cuarto.

—¿De verdad?

—Sí. —Asiente lentamente, sin mirarme a los ojos—. Eres… —No termina la frase. Se toca los labios, como si buscara las palabras adecuadas para describir lo que significo para él. Que parece ser mucho.

—Entonces, ¿por qué? ¿Por qué no has intentado pasar más tiempo conmigo? ¿Por qué no has intentado conocerme? ¿Por qué no me has pedido salir a tomar algo?

Jesse mira hacia un lado, como si el cuadro de flores que es exactamente igual al que tengo en mi habitación fuera fascinante. Los tendones de su cuello se tensan de repente.

—Es un poco cruel por tu parte preguntar eso, ¿no?

—¿Cruel?

Vuelve la cara hacia mí.

—Sabes perfectamente por qué no podía hacer ninguna de esas cosas, Viola.

—No. No lo sé. ¿Cómo iba a saberlo?

Llaman a la puerta y ambos nos sobresaltamos.

—¡Servicio de limpieza! ¿Se puede?

Vuelvo a mirar a Jesse a los ojos, frustrada por la interrupción, pero también…

No. No sé por qué no podía invitarme a tomar algo, y menos teniendo en cuenta que estuve años pillada por él. No tengo ni idea, y quizá debería decírselo, debería pedirle que me diera una explicación lógica de por qué tuvo ese comportamiento, o al menos una disculpa decente. Pero, de repente, ya no soporto estar delante de Jesse Andrews ni un segundo más. Aprieto los ojos con fuerza y me alejo de la ventana, dejando el mayor espacio posible al pasar por su lado.

—Nada de esto importa. Podemos limitarnos a ser compañeros de trabajo. Vamos a… Vamos a fingir que nunca hemos tenido esta conversación, ¿vale? A los dos se nos da bien eso. Nos vemos más tarde, Jesse.

Abro la puerta y salgo de su cuarto dedicándole una sonrisa tímida a la señora de la limpieza. Mientras bajo las escaleras a toda prisa, me parece oír que alguien pronuncia mi nombre, pero decido no girarme.

Capítulo 10

A decir verdad, no espero que mi relación con Jesse cambie en nada; al menos, no para mejor.

Le gusto. Vale, está bien. Pero es evidente que eso le raya por algún motivo. Y yo…, bueno, puede que me gustara durante años, pero ese tren ya pasó hace aproximadamente doce meses. No tengo intención de luchar contra el motivo de esa rayada.

Así que ya está bien del cuento. *Game over.* Él y yo vamos a ser compañeros de curro, nos vamos a llevar bien, pero estoy decidida a no pensar en él en ningún ámbito que no sea profesional.

Sin embargo, es posible que Jesse tenga otros planes.

Lo intuyo a la mañana siguiente, cuando estoy intentando mantener el equilibrio de mi plato cargado con comida del bufé de desayuno, preguntándome si puedo poner la madalena de plátano y nueces encima de los huevos sin que la majestuosa estructura arquitectónica que he construido se derrumbe.

Sí, me animo a mí misma. *Puedo hacerlo.*

Pero va a ser que no. No puedo. Me doy cuenta de camino a la mesa, cuando la madalena se tambalea, rueda y comienza una trágica caída bocabajo que…

Una mano grande la atrapa antes de su fatídico final.

—Cuidado —dice una voz mientras la madalena vuelve a mi plato.

Me vuelvo, ya que la voz se parece mucho a la de Jesse y... no falla. Ahí está. De pie, a mi lado. Me quita el plato de las manos y lo deja en la mesa más cercana, donde Kai y Shannon están discutiendo sobre la fórmula Ubisoft.

—¿Te va bien aquí? —me pregunta, como si el gesto que acaba de tener conmigo fuera de lo más habitual entre nosotros.

Asiento con la cabeza. Nuestras miradas se cruzan.

—Eh... ¿Gracias?

—De nada.

Quiero decir algo más, pero uno de los desarrolladores de Nephilim ya está acaparando la atención de Jesse haciéndole una pregunta sobre los parches que han lanzado para el juego que acaban de sacar. Jesse asiente con una taza de café en una mano y una manzana en la otra, y yo paso a segundo plano.

Me siento con cautela y empiezo a desayunar. La madalena está deliciosa.

Después, Mike y Otto deciden que debemos salir y hacernos una foto grupal, seguramente con el propósito de convencer a StarPlay de que el retiro para fomentar el trabajo en equipo por el que están pagando un pastizal está funcionando de perlas. No estoy segura de cómo ha empezado la pelea de bolas de nieve; quizá haya sido John, que ha tropezado con Shannon mientras ella hacía un ángel en la nieve, aunque también podría haber sido

Ashley, que le ha lanzado una bola a Clara y le ha dado a John por error. Lo único que sé es que enseguida se convierte en una guerra Nephilim versus FlyButter, y me paso los siguientes veinte minutos levantando nieve con una pala para ayudar a Mila a construir un fuerte.

En ese momento, debo admitir muy a mi pesar que, aunque los guantes de algodón que me ha tejido la tía Selene son coloridos y muy bonitos, quizá no sean el mejor equipamiento para esta actividad en concreto. Paso por varias etapas de sufrimiento: dolor, deseo de una muerte rápida, ganas de cortarme las manos... Para cuando terminamos el fuerte, lo único que siento es entumecimiento.

—Ya ni siquiera tengo los dedos fríos —digo maravillada—. Creo que he superado el concepto del sufrimiento físico.

—No, qué va —contesta Mila—. Solo es el primer paso hacia la hipotermia. Ve a meter las manos en agua caliente.

Se va corriendo tras Otto y me deja sola imaginándome escenas horribles, que incluyen partes del cuerpo gangrenadas y amputaciones. Decido que tiene razón: debería volver adentro un momento.

En el porche me cruzo con Jesse. Otra vez. Está apoyado en una de las columnas de madera y tiene la mirada fija en mí. Cuando estoy lo bastante cerca, me dice:

—Deberías quitarte los guantes. Están empapados.

Es muy extraño que inicie tantas interacciones, sobre todo después de nuestra desastrosa conversación de ayer. Muy muy extraño.

—Sí. —Me pongo delante de él para sacudirme la nieve de la punta de las botas—. Me temo que no voy bien equipada para este viaje. Pensaba que habría... No sé. Menos actividades en el exterior y más galletas de jengibre.

—No hace falta que lo jures —responde, pero sin mala leche. Al contrario, de hecho. Y entonces me quita los guantes, los deja sobre la mecedora que hay justo al lado y me envuelve los dedos helados con sus manos.

Mi corazón y aproximadamente la mitad de mis órganos internos dejan de funcionar.

Sus manos son cálidas. Reconfortantes. Una maravilla después del frío punzante del hielo y la nieve. Huele bien. Su cuerpo me protege del aire gélido, pero eso no impide que siga temblando.

—Algo me dice que no te apasiona la nieve, ¿me equivoco? —me pregunta, como si esta fuera una conversación totalmente normal entre nosotros. Su tono es... Bueno, igual que el que ha usado para hablar conmigo estos últimos años: cortés pero reservado. Excepto que percibo un matiz diferente. Algo nuevo.

—Pues no —respondo controlando la vorágine de pensamientos—. Odio el frío. ¿Tú no?

—No soy muy friolero.

Y que lo diga. Alzo la mirada para fijarme en su complexión, su altura y su anchura. También en el rubor de sus pómulos por debajo de la montura de las gafas. De repente, yo tampoco siento tanto frío.

—¿Recuerdas el día que nos conocimos? —me pregunta.

Parpadeo ante el cambio brusco de tema.

—En la entrevista, ¿no? A menos que hubiera otra ocasión antes…

Él niega con la cabeza.

—La entrevista para ese puesto de programadora. Hace unos seis años. —Una pausa—. ¿Recuerdas lo que pasó?

—Sí, la verdad es que sí. El tío ese hizo un comentario de mal gusto, me sentó como el culo, lo mandé a la mierda y me fui cabreada. Entonces tú viniste corriendo detrás de mí y te disculpaste en su nombre. —Me encojo de hombros—. ¿Me he saltado algo?

—¿Recuerdas lo que me dijiste?

—Sí. Bueno, no palabra por palabra. Ese día tenía migraña, así que lo tengo un poco borroso. Pero sí me acuerdo de que despotriqué hablando de ese tío y de toda la industria. ¿No fue así?

—No exactamente. —Exhala. El aire de alrededor de su hermoso rostro se vuelve blanco. Sus manos siguen envolviendo las mías—. ¿Recuerdas que te dije de ir a tomar algo?

—¿Qué? —Me río. Y es una risa sincera—. No. En ningún momento me dijiste eso. Debes de estar confundiéndome con… —Me callo cuando me doy cuenta de cómo me mira, como si me faltara una pieza muy importante del rompecabezas, justo la del centro.

Intento hacer memoria de la conversación que mantuvimos. Todo es muy confuso, pero logro visualizar la cara de Jesse unos años más joven, con el rostro más redondo e infantil.

Lleno de esperanza.

«Me preguntaba —dijo con suavidad, un poco indeciso. Nada que ver con la firmeza con la que le había hablado al imbécil de su jefe— si querrías…».

Me tapé la boca para bostezar.

«Perdona, es que estoy agotada. No me puedo creer que me quedara despierta hasta las tantas para impresionar a ese capullo».

«No pasa nada. ¿Te apetece que vayamos a tomar un café?».

«Uf, no. No te preocupes, no me voy a quedar dormida mientras conduzco. —Esbocé una sonrisa—. Porque no tengo coche, principalmente».

«Ah».

—Dios mío —digo ahora—. ¿Eso era…? ¿Cuando propusiste ir a por un café…?

Él asiente.

—Ayer, cuando me dijiste que debería haberte propuesto salir a tomar algo, me di cuenta de que no me habías entendido. Porque te lo propuse. Y dijiste que no.

Quiero tirarme por un puente.

—¡No tenía ni idea! Yo… —Necesito que me suelte las manos para poder taparme la cara y después apuñalarme repetidamente con una piña de pino.

Bueno, espera. Yo no me di cuenta de que me había invitado a salir. Fui tonta, vale, pero eso no justifica su actitud durante…

—Y entonces me di cuenta de otra cosa —continúa con calma—. Si no recordabas que te había propuesto ir a tomar algo, tal vez tampoco recuerdes lo que me dijiste después. ¿O sí?

Niego con la cabeza, pero digo:

—¿Te refieres a los veinte minutos de desahogo?

—Era un desahogo justificado. Estabas enfadada por razones muy válidas. Me contaste las dificultades de ser mujer en un campo tan dominado por los hombres. Me diste algunos ejemplos de cosas atroces que te habían pasado. Y uno de ellos fue ese chico con el que hiciste unas prácticas en la universidad. Te pidió salir varias veces y tú siempre lo rechazaste. Él no paraba de insistir, y ahora que ambos empezabais a trabajar como desarrolladores te lo encontrabas a menudo en convenciones y talleres. Cada vez que estaba cerca te sentías incómoda y…

—Dios mío. —Esta vez sí que libero las manos, que siguen sintiendo un agradable cosquilleo a pesar de que él haya dejado de tocarlas. Doy un paso atrás—. Pensaste que era una advertencia. Pensaste que me habías invitado a tomar algo, que yo te había rechazado y que luego te había contado esa historia para… Pensaste que era una indirecta para pedirte que mantuvieras las distancias.

Aprieta los labios y asiente, y… está claro que él me lleva unas cuantas horas de ventaja en las que ha podido procesar este malentendido tan descabellado, porque parece que ya es capaz de verle el lado divertido. Pero lo único en lo que yo puedo pensar es que, poco después de aquel primer encuentro, yo me pillé de él hasta las trancas. Estuve así años, pensando que no era correspondido.

Él me había propuesto ir a tomar algo.

Y yo…

—No lo entendí así.

—Lo sé. —Se mete las manos en los bolsillos—. Ayer, cuando me cantaste las cuarenta, me di cuenta de todo.

—Así que… me evitabas porque…

—Pensaba que era lo que tú querías.

—Pero ¿qué hay de…? Intenté entablar conversación contigo varias veces, te sonreía e intentaba ser amable y…

—Siempre cuando estábamos en grupo —señala en voz baja, mordiéndose el interior de la mejilla—. Pensé que, como teníamos conocidos en común, te resignabas a hablar conmigo porque no podías evitarme. Además… Viola, tú eres de por sí una persona amable. Con todo el mundo. No interpreté tu amabilidad hacia mí como una invitación, y ni mucho menos entendí que eso anulara la petición que me habías hecho años atrás.

—¡Pero yo no hice ninguna petición! ¿Y qué hay de lo del muérdago? ¡Eso fue muy cruel!

Él aparta la mirada y suelta una risa sin una pizca de entusiasmo que crea una nube de vaho alrededor de su cara.

—Sobre eso… Después de que pasara, no podía dejar de pensar en lo acorralada y presionada que debiste de sentirte. Pero en ese momento me quedé totalmente descolocado, porque llevaba un montón de tiempo deseando ese beso y de pronto se me estaba presentando la oportunidad en bandeja. Pero también sabía que no querías nada conmigo y… —Niega con la cabeza. Su sonrisa es tímida y melancólica, como si le pareciera divertido, pero también desolador, que por fin estemos aclarando este malentendido después de tantos años.

Y creo que yo también lo estoy. Desolada, me refiero. Porque ahora que sé que al Jesse de entonces le gustaba la Viola de entonces, no puedo dejar de pensar en lo mucho que él le gustaba a la Viola de entonces.

—Fuiste tú el que le dijo a mi primo que no querías tener nada que ver conmigo —contesto con voz apagada.

—Ayer también lo mencionaste y... Si te soy sincero, no recuerdo exactamente lo que dije, pero sí que él me preguntó por qué no te había besado y... que decidí asumir la culpa. Quise que pareciera que era yo quien tenía algún problema contigo. Me pareció justo.

—¿Justo?

—En lugar de explicar lo que había pasado entre nosotros años atrás y...

—¡Jesse! —grita Clara desde el fragor de la pelea de bolas de nieve—. ¿Nos echas una mano? ¡Estamos perdiendo y necesitamos a alguien con brazos potentes!

Él suspira con indulgencia.

—Ahora voy —responde, y luego, en voz más baja, dirigiéndose a mí—: Toma.

Le miro la mano. Me está ofreciendo un par de guantes negros con un buen aislante. Están gastados, hechos para manos más grandes y...

—Ay, no. No puedo apropiarme de...

—Sí que puedes. —Me coge la muñeca y me pone los guantes en la palma de la mano. Y yo se lo permito. Es poco habitual en mí que adopte una actitud pasiva; creo que todavía estoy aturdida.

—¡Jesse! —vuelve a llamarlo Clara—. ¡Nos están aniquilando!

—Que sí, ya voy…

Contemplo su espalda mientras corre hacia uno de los fuertes y me pregunto si lo que me acaba de decir habrá sido una alucinación.

Quizá me hayan dado en la cabeza con una bola de nieve. Quizá en realidad estoy tumbada bocarriba en el suelo. Quizá la vida no es más que una simulación.

Sin embargo, tengo los guantes de Jesse en la mano y conservan un calor que solo puede provenir de su cuerpo.

Capítulo 11

Me acuesto a las once, pero me levanto a las once y media, cuando se hace evidente que ni con todas las mantas del hemisferio occidental voy a conseguir entrar en calor.

No sé qué me pasa. El termostato funciona, lo que significa que la temperatura de la habitación debería ser agradable. Y, sin embargo, siento que el frío me ha calado los huesos hasta tal punto que me es imposible no tiritar. Puede que esté perdiendo la cabeza. Puede que sea un presagio de muerte inminente. En cualquier caso, justo cuando estoy pensando en encerrarme en el baño y encender el secador para descongelarme las neuronas, recuerdo la existencia de los jacuzzis.

Hay dos. El más cercano a mi habitación no es una opción desde el momento en el que veo que dentro están Shannon y Ethan, solos, sentados demasiado cerca y susurrándose tonterías al oído. Unirme a ellos cuando claramente están en plenos preliminares me traumatizaría de por vida, y mi factura del psicólogo ya es bastante alta.

Paso.

Me acerco al otro jacuzzi castañeteando los dientes mientras el aire frío se cuela por los pliegues de mi albornoz. Descubro que ese también está ocupado. Otto, Mike y Jesse están sentados, con el vapor flotando entre ellos mientras hablan de algo que parece serio y seguramente esté relacionado con el trabajo.

Menuda elección. Puedo arriesgarme a que Shannon y Ethan se pongan a follar delante de mis narices o pasar un tiempo indeterminado viendo a Mike suspirar por Otto, a Otto tolerar que le suspiren y a Jesse…

No lo sé. No tengo ni idea de lo que hace Jesse. Las cosas entre él y yo son demasiado complicadas ahora mismo y todavía estoy impactada por lo que me ha dicho hoy, así que decido alejarme de la terraza sin hacer ruido.

Pero.

—Eh, Viola. —Mike me saluda con una sonrisa—. ¿Has venido a darte un baño con nosotros?

Mierda.

—Eh, hola. En realidad, solo iba a…

—Puedes sentarte aquí. —Se hace a un lado para dejar espacio a su derecha. Esto tiene la clara ventaja de que él queda muy cerca de Otto, mientras que yo me siento… justo al lado de Jesse, por supuesto.

La madre que lo…

—Ya. Gracias, Mike.

Esta agua es el paraíso en forma de jacuzzi, aunque la compañía es algo cuestionable para ser el paraíso. Bueno, a ver, tal vez no se merezcan que los juzgue tanto. A Mike se le ve feliz de tenerme cerca y Otto incluso me ha saludado con la mano como si pudiera llegar a concebir la idea de disfrutar de mi presencia, lo cual compensa la eterna cara de pocos amigos.

Jesse desvía la mirada en cuanto empiezo a quitarme el albornoz y no vuelve a mirarme hasta que el agua me cubre los hombros. Entonces me lanza ojeadas furtivas y breves, como si no supiera dónde mirar, como si le diera miedo descubrir que en realidad no llevo bañador o algo así.

Me juego algo a que no te haría gracia, ¿eh? Ese es mi primer pensamiento, automático y conflictivo. El que se basa en la ira y el dolor que he ido acumulando desde el incidente del muérdago. Pero se desmorona en el momento en que recuerdo los descubrimientos recientes.

En realidad, quizá no te parecería del todo mal. Quizá no te importaría. Quizá incluso...

Ya basta. Tengo que parar. Estoy dándole demasiadas vueltas al tema sin motivo. Lo que pasa es que Jesse no ve bien porque ahora mismo no lleva las gafas. Y está demasiado ocupado discutiendo con Otto sobre quién sabe qué.

—En realidad es mucho mejor que cuatro...

Jesse resopla.

—Ay, por favor...

—El mapa es más postapocalíptico y el sistema de niveles es más interesante que el de ventajas... —Otro resoplido, pero Otto lo ignora y continúa—: Y la parte de la creación es muy superior.

—Pero eso es irrelevante, ya que la trama es flojísima.

—No necesita una trama potente si...

—Esperad —los interrumpo—. ¿Estáis hablando de *Fallout 76?*

Ambos se vuelven hacia mí.

—Sí —dice Otto con un acento británico muy marcado que denota aburrimiento—. Jesse no reconocería un buen juego aunque lo tuviera delante de las narices.

Me río.

—¿Lo dices en serio? *Fallout* es una pesadilla. No tiene trama ni personajes secundarios ni modo de disparo automático.

—Y está lleno de errores —añade Jesse con cara de asco.

—Dilo. Es que no entiendo por qué lo sacaron con tantas prisas. A estas alturas, es imposible de arreglar.

—El modo multijugador tampoco es gran cosa.

—Cierto, todo el mundo está muy disperso. Me habrán disparado una vez como mucho.

—Exacto. Y es aburrido, no hay opciones para interactuar con los diálogos…

—Tal cual, solo vas dando vueltas sin que tus acciones tengan consecuencias.

—No entiendo cómo puede gustarle a tanta gente.

—¡Yo tampoco! Es el juego más sobrevalorado…

Otto se levanta bruscamente, salpicándonos a todos.

—Me voy a dormir —espeta mirándonos con los ojos entrecerrados—. Y que sepáis que me caéis mal. Los dos.

Sale del jacuzzi con una elegancia inesperada. Parpadeo ante la repentina revelación de su piel rosada y con pecas, y, cuando estoy debatiéndome sobre si debería disculparme, Mike también se levanta.

A diferencia de Otto, él procura salpicar lo mínimo posible.

—Em… Yo también me voy a dormir. Se está haciendo tarde y tal, así que…

Desaparece casi corriendo detrás de Otto antes de que podamos darle las buenas noches.

Me vuelvo para mirar a Jesse a los ojos.

—¿Qué…? ¿Qué acaba de pasar?

—¿Que acabamos de presenciar una impresionante muestra de madurez emocional, quizá? —Se encoge de hombros y es imposible no fijarse en lo anchos que son. O en el movimiento de sus músculos bajo la piel húmeda del pecho.

—¿Otto se ha enfadado? ¿Acabo de romper la tregua entre Nephilim y FlyButter al decir la verdad objetiva sobre *Fallout?*

—Nah, no te preocupes. Se le pasará pronto. Además, lo más probable es que lleve un buen rato tramando esta situación.

—¿Qué situación?

—Una que le dé una excusa para pasar un rato a solas con Mike. Sin que Mike sepa que ha sido él quien lo ha planeado, claro.

—¿Tú crees?

—No me sorprendería lo más mínimo.

—Entonces, ¿crees que todavía siente algo por Mike?

Jesse ladea la cabeza.

—¿A qué te refieres?

—Bueno, a lo largo de los años han roto y arreglado las cosas unas cuarenta veces, y siempre que rompen Mike se queda hecho polvo, pero Otto siempre está… Nunca parece afectado. Por lo que supuse que Mike era el único de los dos que estaba enamorado.

—¿Lo dices en serio? —resopla—. Otto está obsesionado con él. Se le da muy bien ocultar cualquier emoción que no sea la ira o el desprecio, pero deberías verlo cuando está borracho. Habla de Mike con la devoción de quien entrena para los Juegos Olímpicos. Una vez me hizo leer el poema que había escrito en honor a *las pantorrillas* de Mike.

—¿Era bueno? —Me fulmina con la mirada—. Ya. No sé por qué pregunto.

—Sabes que la familia de Mike es de Guatemala, ¿verdad? —Asiento—. Otto está intentando aprender español para causarles una buena impresión.

—¡No jodas!

—Le está dando clases particulares un chico de dieciséis años que habla varios idiomas, que insiste en llamarle «Ocho» y que le obliga a cantar la canción de los números en cada sesión.

—Dios mío. —Me río tapándome la boca. ¿Debería contárselo a Mike? Es absurdo que ambos sean incapaces de reconocer el amor mutuo que se tienen—. Si tanto se quieren, ¿por qué no se esfuerzan por hacer que la relación funcione?

—No tengo claro si son conscientes de lo que sienten el uno por el otro.

—¿Por qué no se comunican, entonces?

—No creo que sea tan sencillo, Viola. —Su sonrisa es tímida, y hay algo en ella que me resulta demasiado familiar, que me recuerda las conversaciones que tuvimos ayer y… ¿la otra ha sido esta mañana?

Me invade una sensación de inquietud al caer en la cuenta de que, sin Otto y Mike, hay un cincuenta por ciento menos de gente en este jacuzzi. El aire está cargado de vapor y tensión, y ya no hay necesidad de que Jesse y yo estemos tan cerca. Debería hacerme a un lado, pero me da miedo que pueda parecer una especie de rechazo y… eso no es lo que quiero.

Pregúntale, me insta la voz que habita en mi cabeza. *Pregúntale si ha cambiado algo en este último año. Pregúntale si todavía le gustas. Dile que antes de que te humillara delante de tu familia estabas coladita por él. Cuéntale lo de los sueños eróticos…*

¿Qué? No.

Cojo un bate de béisbol imaginario y le doy un golpe a la voz para que se calle. No pienso someter al pobre Jesse a un resumen no consentido de lo que mi subconsciente imagina cuando voy cachonda. En vez de eso, trago saliva, me muerdo el interior de la mejilla y busco algo con lo que llenar el silencio.

—Bueno, ¿y cuáles son tus videojuegos favoritos ahora mismo?

Jesse sonríe. Su mirada se aleja hacia el bosque oscuro y las copas de los pinos, cubiertas de blanco, y enseguida la echo en falta.

—Me da la sensación de que es una pregunta trampa.

—Un poco lo es. Puedo empezar yo, si quieres —le ofrezco.

—Por favor. —Sus ojos vuelven a detenerse en mí. De repente, no recuerdo qué se siente al tener frío.

—Empezaría con *Red Dead Redemption 2,* por supuesto. Sé que también has jugado. Espero que no solo cuando hay alcohol de por medio.

Él frunce el ceño.

—Lo cierto es que odio ese absurdo juego de beber, y Otto también. Pero, cada vez que jugamos, Ashley es la que más aguanta, por lo que siempre nos convencemos de que hay que volver a jugar para ver si logramos derrotarla.

Contengo la risa. ¿Debería revelar el secreto de Ashley? Mejor no. Hay cosas que Jesse tendrá que descubrir él solito.

—Yo creo en ti. El que la sigue la consigue. —Saco la mano del agua con la intención de darle una palmadita en el hombro, pero en el último momento me doy cuenta de que a lo mejor no es buena idea tocarlo aquí y ahora. Mi mano se queda suspendida a un centímetro de su piel en una posición ridícula antes de volver a sumergirse en el agua, y Jesse observa mis movimientos en todo momento.

Me aclaro la garganta.

—Mmm... Mi segundo juego preferido es probablemente *Bloodborne.*

—Buen ojo. Fue lo que me dio motivos para vivir durante un par de años.

—Lo mismo digo. Y luego... —Me muerdo el labio inferior—. ¿Sería raro si dijera *La espada de Zephyr?* —Es el juego más reciente que ha sacado la empresa de Jesse. Y es tan bueno que, cuando salió, me morí de envidia, pero también me entraban ganas de llorar de alegría cada vez que recordaba que existía.

—No lo sé. —Me mira divertido—. ¿Vas a decir *La espada de Zephyr?*

Finjo pensarlo.

—Supongo que sí. El problema es que he oído que ese juego ha ganado un millón de premios y quizá no le haga falta más atención.

—Pero quizá *quiera* más atención. Sobre todo si viene de ti.

—¿De verdad?

Jesse asiente con un poco de entusiasmo.

—Bueno, es un juego recién salido del cascarón. Todavía está en proceso de crecimiento. No querría contribuir a subirle demasiado los humos y que se eche a perder. Por tanto, como tercera opción, me decanto por *Persona*.

Él pone mala cara y resopla.

—¿Qué? —pregunto a la defensiva—. ¡*Persona* es una pasada!

—Está ambientado en un instituto —dice con tono seco.

—Exacto. Lo que le da un toque ideal.

—Más bien un toque ridículo.

Ahogo un grito.

—Viola, la trama parece sacada de una telenovela y la ambientación es sosa a más no poder.

—Dios mío, estás *tan* equivocado… —Me levanto y empiezo a temblar de frío casi al instante, pero hago de tripas corazón y sigo—: Me voy a dormir —anuncio con altivez y un acento pseudobritánico, intentando imitar a Otto lo mejor posible—. Y que sepas —señalo a Jesse— que me caes mal.

Él se ríe y niega con la cabeza.

—Vuelve a meterte. —Me agarra de la muñeca y tira de mí hacia abajo—. Se te ha puesto la piel de gallina hasta en la frente.

No estoy segura de qué sucede después. Puede que sea por el tirón de Jesse, por el calor que me nubla la cabeza o por el suelo resbaladizo del jacuzzi. El caso es que pierdo el equilibrio, lo cual es totalmente normal. Me ha pasado un millón de veces. No tiene nada de raro.

Nada, excepto el lugar donde caigo.

No se le podría llamar «abrazo», pero acabo medio recostada sobre Jesse, con un brazo alrededor de su cuello y el otro agarrado a su hombro para mantener el equilibrio. En cualquier otra ocasión, pensaría que es muy desafortunado que mi pecho derecho haya acabado presionado contra su pecho desnudo, pero resulta que hay un punto de contacto mucho más problemático. Más abajo, justo donde mi culo se encuentra con su regazo.

Y es problemático sobre todo por lo duro que está.

—Perdona —digo tratando de apartarme. Pero eso solo hace que mi culo se restriegue más contra él, y lo que está pasando ahí abajo es… indiscutible. Imposible de pasar por alto. Y Jesse debe de saberlo. Porque, encima, es grande.

Enorme.

—Me… —No se me ocurre absolutamente nada que decir. Me conformo con repetir—: Me…

Jesse cierra los ojos y los mantiene cerrados mientras se le enrojecen las mejillas. Respira hondo y dice:

—Perdón. No era mi intención… —Su mano se mueve hasta la parte baja de mi espalda en un gesto que no parece del todo voluntario. Creo que está intentando que me quede quieta, pero lo siento vibrar con una especie de tensión que…

Mi corazón se pone al galope. Un calor me inunda el vientre. Apenas nos estamos tocando, pero no recuerdo la última vez que estuve tan excitada.

—Vaya —digo con la voz entrecortada, tratando de salvar la situación con algo de humor—. Conque sí te gusto.

Cierra los ojos con más fuerza.

—Joder, Viola. No tienes ni idea de lo que siento por ti.

Esto debe de ser uno de esos sueños que he tenido tantas veces. Es la única explicación posible para que mi mente decida responder moviendo el culo. Cuando él siente que me restriego, abre los labios para dejar escapar un jadeo y me agarra con más fuerza.

—¿Todavía? —pregunto, incapaz de contenerme.

Por fin abre los ojos.

—¿Mmm? —No respira con normalidad, como suele hacer la gente cuando está sentada y quieta. Yo tampoco.

—Bueno, ahora sé que te gustaba cuando nos conocimos, y quizá… quizá también el año pasado, cuando lo del muérdago. Pero no me queda claro si todavía…

—Sí. Todavía. —Se inclina hacia delante. Posa la boca en mi clavícula. No es un beso, pero sus labios se mueven mientras habla contra mi piel—. Dudo que se me pase. Viola, quizá deberías… apartarte.

—¿Por qué?

—Porque no quiero…

Creo que sí que quiere. Quiere, y *mucho,* y esto es lo más excitante que me ha pasado nunca. Con diferencia.

—No pasa nada. —Me acomodo sobre él y siento cómo se le tensa el miembro. Su expresión, la forma en que abre los ojos y luego los pone casi en blanco, es algo de otro mundo—. No me importa.

De forma involuntaria, aprieta la mano que aún tiene en la parte baja de mi espalda.

—¿No?

—No. —Nadie me ha mirado nunca así. Como si yo tuviera el poder de hacerlo feliz y de destruirlo a la vez. Como si pensara que no me merece, pero no puede evitar desearme—. No, de verdad que no, y…

La puerta de cristal se abre y el ruido es tan estridente que nos sobresalta a los dos. No sé quién se aparta primero, pero el resultado es el mismo: paso de estar totalmente pegada a Jesse a estar mirándolo desde el otro lado del jacuzzi. Nos giramos al mismo tiempo y vemos a Mike saludándonos desde la puerta de la terraza.

—Me he olvidado la llave de mi habitación —dice un poco desanimado.

Mi corazón late con fuerza. Necesito que Mike se vaya. Necesito saber qué pasará ahora entre Jesse y yo. Lo necesito cuanto antes.

—¿Vosotros también os vais a la cama? —pregunta Mike.

No, grito por dentro. Todavía siento un calorcito en el vientre, enroscándose con ansia en mi interior.

¡No!, vuelvo a gritar en mi cabeza. *Nos quedamos aquí. Vamos a terminar lo que hemos empezado.*

Pero Jesse dice:

—Justo estábamos a punto de irnos, sí. —Y sale del agua. Me quedo mirando cómo las gotas le resbalan por el pecho y los muslos, lo cual definitivamente no ayuda. Encuentra las gafas y se las pone con un gesto que a estas alturas es tan propio de Jesse que yo… ¿Alguna vez me ha parecido que alguien fuera tan atractivo?

—Toma. —Me tiende el albornoz sin mirarme a los ojos.

—Gracias.

Mírame, le ordeno en silencio. *Solo… mírame. Podemos continuar esto arriba. Podemos hablarlo. Podemos hacer lo que queramos.*

Jesse asiente y se dirige hacia la puerta de cristal.

—Voy a pasar por la cocina a por un poco de agua. Nos vemos mañana, chicos.

—Buenas noches —le dice Mike, acercándose a mí y esperando a que Jesse esté fuera del alcance del oído antes de añadir—: Oye, siento haberte abandonado. No he caído hasta ahora que te habías quedado a solas en plena noche con un tío al que apenas conoces. Ha sido una falta de consideración por mi parte.

—No, tranquilo, no pasa nada. —Respiro hondo. Me masajeo la sien y me obligo a salir del jacuzzi—. Sé que puedo confiar en Jesse.

—Vale. Genial. A mí también me parece que es un buen tío, pero, claro… Todos lo son hasta que dejan de serlo. Uno nunca sabe cuándo se le va a ir la pinza a la gente. No te has sentido incómoda ni nada, ¿no?

Niego con la cabeza y me tapo con las solapas del albornoz mientras el frío vuelve a calarme los huesos.

Capítulo 12

Lo primero que le digo a Jesse, justo después de que abra la puerta y me cuele en su habitación, una vez más sin que me haya invitado, es:

—Gracias por los guantes.

Quizá sea extraño decirle eso a alguien en lugar de «hola», sobre todo si son las tres de la madrugada y acabas de pasarte varios minutos llamando a su puerta cada vez más fuerte, con la clara intención de despertarlo. Pero no he podido evitarlo. Después del jacuzzi, he intentado olvidar lo sucedido y dormir para calmar la inquietud. De verdad que lo he intentado, pero tras tres horas dando vueltas en la cama he dicho «a la mierda» y he decidido trasladar todos esos nervios a la habitación de Jesse.

Devolver los guantes ha sido la única excusa que se me ha ocurrido, y sí, me siento mal por irrumpir así, pero tampoco mucho, porque es evidente que Jesse no estaba durmiendo. Lleva una camiseta negra descolorida de Minecraft que claramente es una de sus favoritas y unos pantalones de pijama verdes a cuadros que, por algún capricho del destino, resulta que van a juego con los míos y hacen que parezca que vamos a sacarnos una foto navideña en familia. La luz de la lámpara de la mesilla es tenue y hay un libro abierto bocabajo sobre el edredón.

Es más, no me hace falta leer el título para saber cuál es.

—¿Viola? —Parpadea dos veces. Y una tercera. Sus gafas están sobre el escritorio, delante del televisor—. ¿Estás bien?

—Toma —le digo tendiéndole los guantes hasta que no tiene más remedio que aceptarlos—. Quería devolvértelos.

—Vale, pero... puedes quedártelos.

—No hace falta.

—Deberías. Al menos hasta que volvamos.

—No te preocupes. Probablemente te perdería uno. O los dos. Y no tengo planeado hacer actividades lúdicas en la nieve nunca más. —Cierro la puerta y me acerco a la cama para sentarme junto a uno de los postes con las manos debajo de los muslos—. Pero ha sido muy amable por tu parte prestármelos. Así que gracias.

Jesse sacude la cabeza como si intentara despejarse. Su cabello, esos gloriosos rizos negros, está un poco más rebelde de lo habitual. Como si se hubiera pasado los dedos varias veces.

—De nada. —Se rasca la mandíbula y empiezo a sospechar que no tiene ni idea de qué hacer con las manos—. ¿Qué haces aquí, Viola?

Qué buena pregunta. Buenísima, de hecho. La he meditado mientras intentaba convencerme de no venir, pero aun así me he levantado de la cama, me he puesto una camiseta de manga larga y he llamado a su puerta. Quién sabe qué hago aquí.

—Nada. He pensado que quizá podíamos…

Podíamos continuar lo que hemos empezado, quiero decir. *Lo que estábamos haciendo en el jacuzzi hace unas horas. Porque no he podido dejar de darle vueltas y me estoy volviendo loca solo de pensar que estás en la habitación de al lado. Que existes.*

Pero lo único que soy capaz de decirle a Jesse es:

—Que podíamos hablar.

—¿Hablar?

Asiento.

—Hablar.

—¿Sobre qué? —Parece receloso y distante. Como si intentara mantener las distancias en más de un sentido.

—No lo sé. Podemos hablar de muchas cosas. Podemos criticar un poco más *Fallout 76,* o me puedes recitar una selección de poemas de los que Otto escribió sobre Mike, o puedes decirme si ese ejemplar de *El corazón abatido* es tuyo. Al principio pensé que era de la biblioteca de la casa rural, pero, tras la reunión de ayer, no las tengo todas conmigo. Podemos charlar sobre eso del triatlón que tanto os gusta a ti y a Ashley, o… No sé. Siempre podemos hablar del tiempo. —Levanto la mano para juguetear con un mechón de pelo. Me ha crecido demasiado y debería cortármelo, pero ha sido una buena idea dejármelo suelto. Me da algo que hacer—. O podemos hablar de lo que ha pasado hoy.

Jesse traga saliva y se pasa la mano por la cara. Tarda mucho en responder.

—Técnicamente fue ayer —murmura.

Suelto una risita.

—Claro. Es una observación extremadamente pedante, pero no por ello menos cierta.

—Dios. —Se pellizca el puente de la nariz con aire arrepentido y derrotado—. Antes, en el jacuzzi, me he pasado de la raya.

—No. Para nada.

—Sí. Lo que pasa es que siempre que te tengo cerca... es un problema. He pensado mucho en ti estos años, pero parece que soy incapaz de no meter la pata cuando estoy contigo. —Respira hondo—. Estabas muy cerca. He perdido el control. Por completo. Y...

—No me ha molestado —me apresuro a decir. Y al ver que sigue sin creerme, asiento con vehemencia—. De verdad. No me ha molestado. Más bien ha sido... —«Halagador», estoy a punto de decir, pero creo que podría malinterpretarse. No estoy aquí, en esta habitación, porque *alguien* me desea. Estoy aquí porque ese alguien es Jesse. Porque él es... Uf, no puedo apartar la mirada de ese hoyuelo que solo aparece cuando aprieta la mandíbula—. No te preocupes.

—¿De verdad? —No parece convencido, así que me levanto de la cama y me acerco a él hasta que quedamos uno frente al otro.

Y entonces, por fin, lo suelto:

—Hubo un tiempo en el que estuve coladita por ti —confieso. Y no me resulta tan difícil decirlo como me imaginaba.

Sus labios esbozan una media sonrisa.

—Muy amable por tu parte, pero...

—No, Jesse, no te lo digo porque me des pena y quiera hacerte sentir mejor. Hubo un tiempo en el que estuve coladita por ti. Años. Empezó la segunda vez que nos vimos y continuó durante mucho tiempo. No terminó hasta el año pasado, cuando lo del muérdago, y solo porque tus acciones y lo que le dijiste a mi primo fueron una muestra de rechazo tan obvia que no pude evitar que me sentara mal. Me negué a permitirme que me gustaras. Incluso llegué a salir con otro chico, pero en el fondo seguía colada por ti, y también tenía muchos… —miro a mi alrededor, buscando la forma de expresarlo— pensamientos impuros.

Abre los ojos como platos.

—Pensamientos impuros.

—Interprétalo como quieras. La cuestión es que no me molesta que yo te guste. —Estoy descalza y él es tan alto, tan robusto, que noto el calor que emana sin necesidad de tocarlo—. De hecho, me alegra.

Jesse parece perdido por un momento. Frunce el ceño como si necesitara tiempo para descifrar lo que he dicho y lo que eso implica. Después de un instante, abre los labios y los mueve para formar dos sencillas palabras.

—¿Estás segura?

—Muy segura —respondo acercándome un poco más.

Parece abrumado y como si toda esta situación le generara conflicto. Está más tenso que la cuerda de un arco. Sospecho que su cerebro está a punto de colapsar.

Entonces da un paso atrás.

—Viola, la cuestión es que… Me está costando mucho decir esto y me dan ganas de darme un puñetazo, de verdad, pero… Si lo que quieres es un polvo, yo no soy la persona adecuada.

—¿En serio? —Frunzo el ceño. Ladeo la cabeza—. Antes me ha parecido que sí lo eras.

Él exhala una risa.

—Sí. En serio.

—¿Por qué?

—Por muchas razones, pero… —se rasca el cuello—, principalmente, porque no creo que se me dé bien tener algo sin compromiso.

—Ah. —Me acerco más a él. Ahora nos estamos tocando. Bueno, más bien nuestra ropa, pero es suficiente—. ¿Solo te has acostado con personas con las que tenías una relación seria?

Jesse niega con la cabeza, pero no se aparta ni me quita los ojos de encima.

—Me he acostado con personas a las que apenas conocía. No es eso.

—Entonces, lo que estás diciendo es que… —le pongo una mano en el hombro y siento el agradable calor de su piel a través del algodón— en el pasado has sido capaz de tener algo informal con otras personas.

Jesse baja la barbilla hacia el pecho y contesta:

—En el pasado, sí.

Asiento.

—Entonces, ¿cuál es el problema? Si lo has hecho antes, puedes…

—El problema es que las otras mujeres no eran tú. —Sus ojos permanecen fijos en los míos y siento una explosión de calor y plenitud en el pecho. Sin darme cuenta, he acercado la mano a su cara. Le acaricio la mejilla, suave y recién afeitada, y observo cómo traga saliva—.

Contigo debo tener cuidado. Porque no solo me gustas, Viola. No eres alguien a quien he conocido en una fiesta y me parece guapa. No me lo he pasado bien contigo en una cita a ciegas y he decidido llevarte a casa. Llevo años pensando en ti a diario. Te he imaginado de formas que, créeme, no te gustaría saber. Tengo una lista mental de cosas que hacer contigo. Si empezamos algo, todo eso no va a cambiar. Se va a quedar ahí, va a crecer desmesuradamente y va a adquirir la capacidad de destrozarme. Sobre todo porque tú y yo vamos a trabajar juntos durante los próximos dos años. —Curva los labios en una leve y triste sonrisa—. Sé que es pronto. Sé que casi no me conoces. No estoy diciendo que me niegue a dar ningún paso hasta que te comprometas a casarte conmigo. Muchas relaciones comienzan con intención de durar y, aun así, no funcionan. Pero si estás aquí solo porque te apetece un poco de sexo sin compromiso… —Me agarra la muñeca, la que tengo cerca de su mejilla, pero no la aparta. La sostiene mientras los segundos se alargan, dulces e inciertos—. No es eso lo que quiero, Viola.

No puedo procesar lo que acaba de decir, pero, al mismo tiempo, lo entiendo perfectamente. Es la razón por la que mi corazón late desbocado. La razón por la que tengo la boca seca y un nudo en la garganta.

—Tengo una propuesta. —Él asiente y espera a que continúe—. ¿Y si… nos proponemos pasar tiempo juntos estos días? Podemos hacer lo que queramos, desde, no sé, besarnos hasta jugar a videojuegos, pasando por conocernos mejor. Cualquier cosa vale. Y, cuando volvamos a Seattle, reevaluamos la situación y vemos si… —Sonrío.

Me muerdo el labio—. Vemos si de aquí puede salir algo. Algo que valga la pena.

Jesse no dice nada, solo me observa con sus ojos claros y serenos. Me obligo a ser paciente, me digo a mí misma que aceptaré la respuesta que me dé, sea cual sea. Y entonces veo que se le curva la comisura del labio.

Inclina la mejilla para rozarla de nuevo contra mi mano.

—Algo que valga la pena —murmura en un tono divertido y cargado de ternura, muy parecido al entusiasmo.

Yo me pongo de puntillas y sonrío contra sus labios.

Capítulo 13

A lo largo de los años, he tenido muchos primeros besos, pero ninguno tan perfecto como el que comparto con Jesse, con su mano en mi pelo y mis pies de puntillas sobre los suyos. Creo que él debe de coincidir, porque una vez que empezamos, no podemos parar.

Nos liamos como si fuéramos adolescentes. No es que experimentara nada parecido cuando era adolescente, pero la descripción encaja. Nos tumbamos en la cama, sobre el edredón, y no nos quitamos ni una sola prenda de ropa durante horas. Nos besamos, y besamos, y besamos, y cada vez que Jesse parece que va a deslizar la mano por debajo de mi camiseta o de la cinturilla de los pantalones, cambia de opinión y retrocede despacio, como si no estuviera listo para pasar a la siguiente fase, como si esta primera fuera demasiado buena para dejarla atrás tan pronto.

No pasa nada, porque yo, encantada. De hecho, siento que me va a explotar la cabeza. Me enamoro desesperada e irremediablemente de la forma en que gime cuando su lengua se encuentra con la mía por primera vez, de cómo se aferra a mis caderas cuando le lamo el cuello, de esa inspiración brusca cuando por fin se rinde y acerca la palma a mi pecho, con mis pezones duros formando un relieve por debajo de la tela de la camiseta. Y luego está el temblor de sus dedos cuando me los pasa por el cabello, cómo se arquea al darle un mordisquito en el lóbulo de la oreja, pero, por encima de todo, están las cosas que me dice. Y las cosas que claramente quiere decir, pero que no logra expresar.

—Eres tan…

Me siento a horcajadas sobre él y me inclino hacia abajo, formando una espesa cortina con mi cabello que nos aísla del resto del mundo.

—He soñado más de una vez con verte desde esta perspectiva —dice cuando deslizo los dedos arriba y abajo por el fino vello que tiene debajo del ombligo.

Y:

—Viola, si no bajamos un poco el ritmo, esto se va a acabar antes de tiempo. Joder… —murmura unos segundos después de que haya empezado a balancearme sobre él.

La fricción de su miembro contra mí es lo más parecido a una experiencia extracorpórea que he tenido nunca. Mi clítoris palpita. Oigo la súplica ronca en su tono y suelto una risa entrecortada.

Esto no es nada. No hemos hecho casi nada y ya es el mejor polvo de mi vida, frustrante y delicioso a partes iguales, tan placentero que enseguida noto el algodón de mis bragas empapado y solo quiero estar más y más cerca, conseguir que Jesse se fusione conmigo para llenar este nuevo vacío dentro de mí.

—¿Puedo? —me pregunta cada vez que hace un avance, por mínimo que sea.

—¿Puedo? —le pregunto yo también varias veces, besándole esos labios carnosos y apartándome un poco para mirarlo a los ojos. Jesse se limita a volver a atraerme hacia él y yo siento la mente tibia y liviana, llena de calor y un placer intenso.

Seguimos hasta que la noche se acaba y da paso al amanecer. Entonces Jesse oye el fuerte rugido de mi estómago y sus manos se detienen abruptamente. Está inclinado sobre mí, pero levanta la cabeza para mirarme. Tiene los labios tan hinchados que no puedo evitar volver a acercarme para acariciarlos con la lengua.

Él sonríe y me da un mordisquito en la mandíbula.

—Voy un momento abajo a por algo para desayunar. —Su voz es grave y ronca, y se me quedará grabada para siempre. Tengo la certeza de que la oiré en mi lecho de muerte.

—No —protesto—. Quédate.

—Solo tardaré un segundo.

Suspiro y cierro los ojos, ya resignada.

—Entonces iré contigo.

—Quédate, por favor. —Acerca la boca a mi cuello—. Me gusta saber que me esperas en la cama.

Se aclara la garganta y se retira con cierta dificultad para sentarse en el borde del colchón, de espaldas a mí. Contemplo su figura desde mi posición. Me fascina lo bien hecho que está. Supongo que después de experimentar en primera persona lo mucho que he tenido que abrir las piernas para sentarme a horcajadas encima de él, no debería sorprenderme tanto.

Jesse permanece inmóvil durante un minuto largo y, mientras lo observo, me doy cuenta de que sus músculos están tensos y rígidos, aunque no termino de entender por qué.

Me siento justo detrás de él.

—¿Estás bien?

—Sí. Es que… —Su deltoides está duro como una roca—. Necesito un segundo. Será mejor que no me toques durante un rato. —Lo dice con calma, pero hay cierta determinación en su voz, y entonces miro hacia su regazo y me doy cuenta de lo que está pasando.

—Ah. ¿Estás…? —No sé qué preguntar—. ¿Puedo hacer algo?

Niega con la cabeza, aunque es evidente que mi pregunta le ha hecho gracia.

—Solo necesito un minuto.

Me dispongo a apartarme para darle espacio y que pueda controlarse, pero esa opción no me termina de cuadrar. Me sabe mal dejarlo así, solo, cuando lo que quiero es…

Lo abrazo por detrás y apoyo la barbilla en su hombro.

—Quizá lo que necesitas no es un minuto —le susurro al oído. Presiono los pechos contra su espalda y noto que todos sus músculos se tensan de golpe.

—Viola…

—Quizá… —Le doy un beso detrás de la oreja, preguntándome si sentirá los latidos de mi corazón—. Quizá lo que realmente necesitas es correrte.

Exhala una risa seca y entrecortada, como si la perspectiva de correrse, de que yo haga que se corra, lo hubiera dejado sin aliento. Este podría ser el momento más erótico de mi vida. Sin duda, está en el top tres.

Y eso es antes de preguntarle contra la sien:

—¿Te gustaría correrte, Jesse? —Él emite un gruñido involuntario que me hace contraer la pelvis a pesar de sentirme vacía.

Está temblando. O tal vez solo sea un escalofrío al notar cómo mi palma recorre el bulto de sus pantalones, que sobresale en un ángulo impresionante. Veo una mancha de líquido preseminal y no puedo evitar pasar los dientes por su garganta mientras deslizo la mano por debajo del pantalón de pijama.

Por supuesto, no lleva ropa interior. Qué interesante. Qué conveniente. Qué *perfecto.*

—¿Puedo? —le pregunto con un beso en la mejilla, y Jesse no responde ni asiente, pero se arquea contra mi mano lo suficiente como para que no sea necesario decir en voz alta «por favor te lo pido, continúa». Sigue mi mano con la mirada cuando le agarro la polla. Hunde los dedos en el colchón con tanta fuerza que temo que rompa las sábanas, y me siento como una auténtica diosa.

—Joder —murmura, y me pregunto cómo interpretarlo. Hasta que caigo en la cuenta de que puedo preguntárselo.

—¿Así te gusta, Jesse? —Empiezo a mover la mano arriba y abajo a un ritmo lento pero constante. Me gusta tanto tocarle las partes íntimas como restregarme contra ellas. Me pregunto si debería pasar a usar las dos manos.

Y también si Jesse es consciente de lo mucho que me gusta su cuerpo—. ¿Lo estoy haciendo bien?

Él gime:

—Viola... —Echa la cabeza hacia atrás y yo le rozo la línea de la mandíbula con los labios.

—Puedes decírmelo. —Mi mano sigue moviéndose, bajando hasta sus testículos contraídos y subiendo de nuevo hasta la punta, y siento como si el placer le conquistara el cuerpo entero: la polla, las cuerdas vocales, la columna vertebral—. ¿Cuando estás solo lo haces así?

—Joder, voy a... —Inclina las caderas hacia arriba, acercándose más a mi palma.

—Puedes decírmelo —repito sin dejar de mover la muñeca. Él gruñe y se pone rígido, arqueándose aún más—. Dime cómo te gusta. Y yo lo haré. Solo quiero que te...

Cuando se corre, se queda totalmente en silencio. De hecho, deja de respirar por un momento, justo antes de eyacular sobre mi mano y su estómago, y yo... Intento recordar si alguna vez he disfrutado tanto haciendo esto. Me encanta verlo jadear en busca de aire. Me encanta su mano aferrándose de repente a mi pierna, como para anclarse. Me encanta su boca pronunciando mi nombre en silencio y con asombro.

Podría tener un orgasmo con solo verlo. Podría concentrar todo el placer que se escapa de él y meterlo en mí.

—¿Bien? —le pregunto con una leve sonrisa después de un rato, cuando el latido de su corazón parece haberse estabilizado.

La garganta de Jesse se mueve al tragar saliva. Me dispongo a limpiarme la mano en los pantalones, pero él me sorprende agarrándome la muñeca y entrelazando los dedos para luego inclinar la cabeza y contemplarlas como quien contempla su obra maestra. Nunca le había cogido la mano a alguien de una forma tan dulce y obscena.

Levanto el otro brazo para abrazarlo por el cuello y nos quedamos así durante mucho tiempo, contemplando la nieve que vuelve a caer del cielo.

—Sí —dice al fin—. Bien.

Capítulo 14

Comemos en las sillas que hay junto a la ventana, con la mesita redonda entre nosotros, yo con las piernas cruzadas y él estiradas. Me observa mientras me sirvo de los platos que ha subido, la mayoría llenos de comida para mí. Para él solo ha cogido unos huevos y una manzana verde. Sonrío con la boca llena de pan, preguntándome por qué ha elegido la fruta más ácida del bufé.

Y entonces recuerdo que las cosas entre nosotros han cambiado. Que estamos empezando a conocernos. Que puedo preguntárselo.

—Es una manzana —dice encogiéndose de hombros, divertido—. Todas las manzanas saben igual, Viola.

—Vaya. Tienes más opiniones controvertidas de las que pensaba. Primero lo de *Persona,* ahora esto... —Él deja escapar un suspiro exagerado y yo le ofrezco mi bollo danés—. ¿Quieres?

Niega con la cabeza.

—No tengo mucho apetito por las mañanas. —Me fascina descubrir cosas sobre él: sus hábitos, sus preferencias, sus necesidades. Asiento, aunque a mí me pase todo lo contrario, y lo guardo en mi memoria para el futuro.

—A mí me encanta comer un buen desayuno.

—Lo sé. —Se da cuenta de que he enarcado las cejas y añade—: Hemos asistido juntos a muchas convenciones a lo largo de los años. Te he visto comer.

Termino de masticar, tratando de no dejarme llevar por la sensación de ahogo y ternura que me invade al saber que me observaba, incluso cuando yo creía que me ignoraba.

—Por si acaso me estás juzgando en silencio por la cantidad de grasas saturadas que estoy ingiriendo..., gracias por no decirlo en voz alta.

—¿La gente hace eso?

—Mi familia sí, por ejemplo. Cada vez que como en casa de mis padres, cae algún comentario sobre los macronutrientes que ingiero.

—Eso me parece intrusivo. E innecesario. —Es evidente que no le importa en absoluto lo que como o dejo de comer.

—Ya. —Me río—. Te lo digo porque sé cómo sois los deportistas, y yo digamos que no soy la persona con el estilo de vida más saludable del mundo, así que...

—Eres perfecta. —Lo dice tan serio y con tanta sinceridad que me es imposible sostenerle la mirada.

Me como unas cuantas uvas y luego le pregunto:

—¿Ashley y tú habéis estado liados en algún momento?

Pone cara de sorpresa.

—No, nunca. ¿De dónde sacas eso?

—No lo sé. En el coche, los dos parecíais estar muy... cómodos el uno con el otro. Como si tuvierais muchas cosas en común. Deportes y tal.

—¿Así es como eliges a las personas con las que sales? ¿Por comodidad e intereses comunes?

Me paro a pensarlo. A mi último novio le encantaba el tiro con arco y tocar el clarinete, y a mí nada de eso me interesaba.

—En realidad, no —respondo—. Pero mi ex y yo no teníamos nada en común, rompimos por puro aburrimiento después de dos años, así que tal vez debería prestar más atención a esas cosas. —Doy un sorbo al café—. ¿Y tú? ¿Quién fue la última persona con la que estuviste? —Hago una mueca en cuanto las palabras salen de mi boca—. Lo siento. Si te molesta que pregunte, dímelo. No quiero ser entrometida.

—Puedes preguntarme lo que quieras, Viola. De eso se trata.

Hay algo en su forma de decirlo que me hace sonrojar.

—Salí con alguien durante unos seis meses. No trabajaba en el sector, era profesora de instituto. Rompimos... hace exactamente un año, de hecho.

—¿Justo antes de las vacaciones?

Jesse asiente.

—¿Qué pasó?

Una media sonrisa.

—Después del incidente del muérdago, me pareció injusto seguir con ella. —Mi corazón palpita como un colibrí. Él agarra la manzana por el tallo y la deja colgando a medio comer antes de colocarla sobre la mesa—. Y luego no he salido con nadie en este último año, ni siquiera de forma casual, porque estaba muy ocupado con *La espada de Zephyr.*

—Yo tampoco. —Sonrío al venirme algo a la mente—. Estaba pensando que… He visto romper a muchas parejas del sector y siempre he odiado lo incómodo que puede llegar a ser todo después, tanto a nivel personal como profesional. Por eso evitaba cualquier tipo de relación con compañeros de curro, como te conté ese día que me desahogué contigo.

—Lo sé.

—Pero si es con la persona adecuada…, creo que podría estar bien lo de salir con alguien que entiende la presión de los plazos ajustados y lo ajetreadas que pueden ser las semanas previas al lanzamiento. Alguien que adora los videojuegos tanto como yo. ¿No crees?

Con cualquier otra persona, me cortaría la lengua antes de decir algo así, lleno de presunciones que insinúan que seguiremos juntos para cuando volvamos a tener una fecha de entrega a la vuelta de la esquina. Sin embargo, con Jesse no siento vergüenza. Observo el silencioso placer que recorre su rostro ante mis palabras y lo siento reflejado en la calidez de mi pecho.

—Estoy de acuerdo —se limita a contestar.

Lo miro embobada hasta que un bostezo brota de mí y rompe el hechizo.

—Probablemente tenga que echarme una siesta en algún momento del día. No me sienta muy bien lo de no dormir nada.

—A mí tampoco. —Vuelve a coger la manzana—. Puedes dormir aquí.

Me muerdo el labio inferior y me vuelvo hacia la ventana para ocultar otra sonrisa.

—¿Crees que va a parar de nevar?

—Me he encontrado con Mike abajo y me ha dicho que no tiene pinta de que vaya a parar de momento. Las pistas están cerradas. Mucha gente se ha vuelto a la cama.

Es como si, de la noche a la mañana, se hubiera extendido un enorme manto blanco sobre la casa y los bosques circundantes. El verde oscuro de los pinos se ha apagado, envuelto en gruesas capas de nieve. Intento recordar la última vez que sentí tanta tranquilidad y no se me ocurre nada.

—¿Y si nos quedamos incomunicados por culpa de la nieve? —le pregunto a Jesse.

Él se encoge de hombros y esboza una sonrisa.

Tampoco estaría mal, pienso mientras le devuelvo la sonrisa.

■ ■ ■ ■ ■

Cuando por fin me tiene desnuda y de pie entre sus piernas, Jesse se limita a mirarme durante lo que parece una eternidad.

Está sentado en el borde de la cama, todavía completamente vestido, y observa mis curvas con una mirada oscura e intensa. Siempre me he considerado afortunada por no tener ningún complejo sobre mi cuerpo, pero la forma en que los ojos de Jesse recorren cada centímetro de mi piel creo que pondría nerviosa incluso a una modelo de Instagram.

—¿Quieres hacerme una foto? —le pregunto, esperando que la broma disimule mi incomodidad—. Bueno, en realidad no te permito que me hagas fotos. No es que no confíe en ti, pero no sé qué medidas de ciberseguridad tomas para proteger tus datos, y si te piratearan la nube me…

Me pone el pulgar en los labios y su expresión tiene algo extraño, como una mezcla de calma y desesperación. Me doy cuenta de que lo que quiere es que le dé tiempo y silencio para procesar.

Para procesarme *a mí*.

—En fin. —Mis labios se curvan contra su dedo. Lo muerdo con delicadeza, juguetona—. Esta soy yo.

Jesse suspira y se inclina hacia delante para darme un besito con la boca abierta justo debajo del esternón.

—Ayer, cuando saliste a la terraza y te quitaste la bata… —Hace una pausa para envolverme la cintura con ambas manos hasta que se me corta la respiración. Ya estoy empapada—. Intenté con todas mis fuerzas portarme bien y no mirar. Pero, joder, es imposible. Haces que sea imposible.

Creo que le gustan mis tetas, a juzgar por la forma en que me lame los pezones y chupa los alrededores. Se le da bien, tan bien como diseñar videojuegos y dirigir un equipo y quién sabe cuántas cosas más. Le acaricio el pelo con los dedos, me inclino hacia él e intento mantener los sonidos que salen de mi garganta a un volumen digno, por si alguien se acerca a nuestra parte de la casa.

No lo consigo del todo.

—¿Qué quieres que haga? —susurra con voz ronca mientras me aparto, deseando quitarle la camiseta—. ¿Qué puedo hacer para complacerte?

Le tiro de la manga.

—Esto fuera.

Él obedece, y su cuerpo es tan bello que no sé dónde posar la mirada. El punto donde los músculos del hombro se unen con el cuello, la curva de los bíceps, la forma en que el vello de la parte inferior de su abdomen desaparece bajo los vaqueros… También quiero quitárselos, así que lo tiro a la cama conmigo y bajo los dedos hacia el cinturón mientras él toma mi cara entre sus manos.

—Sabes a fresas —me dice chupándome los labios, besándome como si ya se hubiera memorizado cada rincón de mi boca—. ¿Qué quieres que haga? —me vuelve a preguntar, y yo…

—¿Qué quieres hacer tú?

Jesse se inclina hacia atrás y la nuez se le mueve visiblemente al tragar saliva.

—No te haces una idea, Viola. —Parece afligido. Y esperanzado—. Las cosas que me he imaginado…

No puedo evitar sonreír. Le agarro la mano y me la acerco a la boca.

—¿Por qué no me las muestras?

Creo que eso era lo que necesitaba: que le diera permiso para hacer realidad sus fantasías. Gruñe y baja por mi cuerpo, hundiendo la nariz en mi vientre e inhalando mi aroma. Luego, sin esfuerzo alguno, me da la vuelta hasta que quedo de rodillas encima de él, con su cara entre las piernas y mirando en dirección a sus pies, y antes de que pueda orientarme o procesar sus intenciones, ya está lamiéndome.

Ahogo un grito.

—Joder —gruñe—. Me encanta que estés tan mojada.

La verdad es que sería más adecuado describirlo como «empapada». Exhalo sorprendida y me tapo la boca con la mano.

Él deja escapar otro profundo gruñido, recorre mis muslos con las palmas hasta llegar al culo y, mientras me pasa la lengua entre los labios vaginales, me empuja hacia abajo para acercarme más a su boca. Me inclino hacia atrás y busco apoyo a ciegas, tratando de mantener el equilibrio, y acabo agarrándome a uno de los postes. No sé por qué, pero no pensé que lo primero que querría hacer conmigo sería sentarme en su cara. Y, sin embargo, la forma en que me pasa la lengua y los dientes por ahí me resulta simplemente increíble. Como si fuera algo planeado; algo que llevaba tiempo tramando.

—He soñado tantas veces con esto —dice rozándome el clítoris con la nariz y haciéndome estremecer. Suelta un leve gruñido antes de lamer con cuidado alrededor de mi entrada—. Durante años.

Quiero saber más. Quiero conocer cada pequeño detalle de todo lo que ha imaginado. Quiero saber si estoy a la altura de sus expectativas, pero me muerde el interior del muslo y mi mente se queda en blanco durante un instante. Es muy bueno. Tiene talento. Es un hombre con un objetivo claro y está decidido a cumplirlo. Ejerce la presión y la succión justas, y mis terminaciones nerviosas están a punto de implosionar. Me siento aturdida, mareada de placer.

—Sabes incluso mejor de lo que esperaba —dice con voz ronca, incrédulo. Cuando succiona mi clítoris hinchado con sus labios, es como si un puño me envolviera la parte baja del abdomen.

Pero no quiero correrme, todavía no. Aún queda mucho por disfrutar.

—¿Puedes...? ¿Puedes darme un momento para...? —Miro hacia abajo, a los vaqueros que no he conseguido quitarle. Su erección, larga y dura contra la bragueta, es evidente. Tras inclinarme hacia delante sin perder el equilibrio, apoyo las manos a ambos lados de su cadera. Una vez que estoy estable, le bajo la cremallera, cuyo sonido se mezcla con los gruñidos que salen de su boca, y libero su pene.

—No tienes que... —murmura, pero estoy ebria de placer, por lo que no me lo pienso dos veces. Solo con tenerlo en mi boca, el calor que se acumula en mi vientre se intensifica y profundiza. Se me tensan y relajan los muslos. Me balanceo sobre su cara mientras voy metiéndomelo más profundo, hasta la garganta.

—Joder, Viola. Joder.

Nos corremos al mismo tiempo, y la sensación es tan buena que me transporta a un mundo completamente nuevo.

■ ■ ■ ■ ■

Me ducho en su habitación.

No hay razón para ello. La mía está a menos de tres metros, con mis toallas, mi champú, mi gel de baño y mi ropa limpia. El móvil, que hace más de doce horas que no miro —algo inédito en mi vida adulta—, también está allí. Usar mi propio baño sería lo más sensato y conveniente, pero Jesse me ha cogido de la mano y me ha pedido que no me fuera.

—Todavía no —dice tranquilo. Nunca lo había visto tan descompuesto. Tiene la mano en mi nuca y ni siquiera hace falta que responda que vale. Simplemente me relajo y dejo que me lleve a su ducha para que me lave cada rincón del cuerpo, con calma, a fondo y de una forma que me resulta extrañamente familiar, como si fuera una costumbre, una vez más de muchas y no la primera.

Jesse está excitado en todo momento, pero, cuando me ofrezco a hacer algo al respecto, niega con la cabeza y se inclina para lamer el agua de mi piel. Se ríe en voz baja cuando intento devolverle el favor y lavarle el pelo. No alcanzo, por lo que tiene que levantarme agarrándome el culo mientras yo le rodeo la cintura con las piernas, como si fuera la rama de un árbol.

Nos besamos sin parar. Nos besamos hasta que la piel de los dedos se vuelve rosada y arrugada, su polla se pone aún más dura y su corazón late más rápido. Al final, me da pena y lo hago correrse con la mano, empleando movimientos lentos y perezosos, lamiendo la protesta de sus labios hasta que un escalofrío le recorre la columna y el semen se mezcla con la espuma del jabón en el desagüe de la ducha. Me seca con una toalla y se venga con los dedos, un poco torpes, pero gruesos y ansiosos. Su boca es insoportablemente hábil y se me nubla la mente, dominada por un placer dulce y persistente que me hace olvidarme de quién soy durante un buen rato.

Esto, pienso mientras intento recuperar el aliento, pasándole la mano por el cabello húmedo mientras me da mordisquitos en la cadera, *dista mucho de cómo pensaba que sería este retiro.*

Capítulo 15

—Hazte… esa trenza.

Me detengo a medio recoger el pelo y miro a Jesse por encima del hombro. Está recostado contra el cabecero, sin siquiera fingir que no hace nada que no sea mirarme mientras llevo a cabo una tarea de lo más mundana. Tanta atención podría resultar inquietante, tal vez debería serlo, pero después de saber lo mucho que se ha esforzado en no mirar, y durante cuántos años, me hace sentir… reconfortada.

—¿Qué trenza?

—La que empieza en la parte de arriba de la cabeza.

—¿Te refieres a una trenza de raíz?

Se encoge de hombros.

—La que llevaste a la GameCon de hace tres años. El segundo día de la exposición.

—Dios mío. —Me río—. Es imposible que recuerdes cómo llevaba el pelo en una convención cualquiera, y mucho menos qué día.

Él se limita a parpadear con un atisbo de desafío en los ojos. Me doy la vuelta con las manos en las caderas.

—Vale. ¿Qué llevaba puesto?

—Unos vaqueros y una camiseta blanca.

Tiene razón. Lo curioso es que normalmente yo misma no recordaría lo que llevaba puesto, pero ese día FlyButter se hizo una foto de equipo que actualmente cuelga en la entrada de nuestra sede. Paso por delante cada vez que cojo el ascensor.

—¿Tienes memoria fotográfica o es otra cosa?

—Otra cosa.

Lo que no dice, aunque va implícito, es que lleva años almacenando detalles sobre mí, catalogando todos los datos disponibles, guardándolos como si fueran un tesoro.

Me apoyo en la cómoda.

—¿Qué otra ropa mía te gusta?

No tiene que pensarlo mucho.

—Tienes un vestido. A rayas.

—¿Rosa y blanco? —Asiente—. ¿Qué le ves a ese vestido?

—Es precioso. —Se encoge de hombros, como si eso fuera todo. Y luego añade con una sonrisa modesta, casi tímida—: Es un poco más corto y ajustado que lo que sueles llevar, así que… Pasaban muchas cosas por mi mente cuando lo llevabas. —No sé cómo responder a eso, pero da igual, porque Jesse continúa—: Pero me gusta toda tu ropa.

Sonrío y vuelvo a mirarme en el espejo, separando los mechones húmedos de cabello para hacer la trenza que Jesse me ha pedido tan amablemente. No me importa complacer sus deseos. De hecho, la idea hace que mi corazón lata el doble de rápido.

—¿Crees que saldrá bien? —pregunto distraída—. Lo de *Limerence 3.* FlyButter y Nephilim.

Él asiente sin dudar.

—Sí. Me aseguraré de que así sea. Llevo queriendo trabajar contigo desde que vi tu porfolio por primera vez.

Me doy la vuelta, pero sigo peinándome.

—Fuiste tú, ¿verdad? En aquella entrevista... Fuiste tú quien seleccionó mi currículum, no tu jefe.

—Ese imbécil no reconocería el talento ni aunque se lo pusieran delante de las narices.

—¿Pero tú sí?

Se encoge de hombros.

—No hace falta ser un experto para ver lo buena que eres.

Me siento tentada de apartar la mirada y restarle importancia a lo que ha dicho, pero tiene razón. Soy la puta ama. En lugar de eso, digo:

—Tengo otro vestido.

Jesse pasa por alto el brusco cambio de tema y espera a que continúe.

—Es naranja y amarillo pastel. Bastante largo.

—No lo recuerdo.

—Normal. Es demasiado elegante para llevarlo a una convención o al trabajo. Pero estaba pensando en ponérmelo para la boda de Chelsea. —Mi prima. La que se va a casar con el que fue el compañero de habitación de Jesse en la universidad. Ambos estamos en la comitiva nupcial.

—Estoy deseando verlo.

Cojo una goma del pelo y empiezo a atar el extremo de la trenza, pensando que en los próximos meses nos veremos bastante. Trabajo. Eventos familiares. Hace un par de días, esa idea me parecía una pesadilla, pero... ya no. En absoluto. Me acerco a la cama y enseguida me atrae hacia él.

—Hola —murmura contra mi cuello.

Sonrío entre su cabello. Solo un poco.

—Hola.

■ ■ ■ ■ ■

Durante la cena me doy cuenta de algo importante: Jesse tiene que dejar de mirarme así o todo el mundo se dará cuenta de lo que hay entre nosotros.

No suele importarme mucho lo que piensen mis compañeros, al menos en lo que respecta a mi vida personal, pero, teniendo en cuenta que *Limerence 3* está en juego, creo que es mejor mantener en secreto la relación romántica entre los diseñadores jefe. ¿Y si la distribuidora lo considera un inconveniente? ¿Y si cree que una ruptura complicada retrasaría el proyecto? ¿Nos quitarían el puesto de diseñador jefe a alguno de los dos? No tengo ni idea. La posibilidad me preocupa un poco, pero es difícil sentir ansiedad después de pasar un día perfecto con Jesse.

No puedo superar lo sencillo que está siendo. Hemos pasado unas horas tonteando y hablando de videojuegos, de los lugares en los que hemos estado y a los que queremos viajar, de lo solitario que fue para él crecer como hijo único y de lo irritante que es para mí tener un millón de hermanos.

—Suena divertido —me ha dicho acariciándome la mejilla con el pulgar—. Lo de tener siempre gente alrededor.

—Ese es justo el problema: tener siempre a alguien alrededor haciendo ruido. No llegué a comprender el concepto del silencio hasta que fui a la universidad. ¿Recuerdas lo escandalosa que fue mi familia en la fiesta de compromiso?

—Cómo olvidarlo.

—Pues son así siempre. Todos los días, a todas horas. Durante dieciocho años.

Él ha sonreído.

—A veces, el caos es mejor que el silencio.

—¿Sí? —Me he acurrucado más cerca—. ¿Cómo eran tus padres?

—Ausentes, en su mayor parte. Pasaba mucho tiempo solo. Aunque tenía ciertas ventajas.

—¿Como cuáles?

—Digamos que pude jugar a muchos juegos inapropiados para mi edad desde muy pequeño.

—Por favor, dime que no jugabas al *Grand Theft Auto* a los siete años o algo por el estilo.

—Ay, Viola. —Un breve beso—. Lamento decirte que no puedo, porque sería mentira.

Nos hemos echado la siesta acurrucados, lo cual me ha permitido no pasar frío por primera vez desde que llegamos. Cuando nos hemos despertado, lo primero que he visto ha sido su sonrisa somnolienta y feliz, como si no pudiera imaginar nada mejor que despertarse a mi lado, y yo no he podido evitar ponerme a trazar el contorno de su figura con el dedo.

Me llena de una alegría inmensa estar con él, contarle cosas, esperar a oír lo que me responde, recordar que existe.

Aun así, debería centrarse más en su ensalada, o en la conversación en la que Ashley y Kai han estado intentando involucrarlo, en cualquier cosa menos en mí, porque, cada vez que noto que me está mirando, no puedo evitar devolverle la mirada.

—Es posible que nos quedemos atrapados aquí —dice Mike en nuestra mesa mientras les echa kétchup a las patatas fritas—. Si no deja de nevar. No sé qué va a pasar con el tiempo, las previsiones son algo imprecisas.

Teníamos pensado irnos mañana por la tarde. Normalmente, detestaría la idea de tener que renunciar a la acogedora tranquilidad de mi apartamento unas horas más, pero esta vez no.

Me arriesgo a mirar a Jesse. Que, por supuesto, sigue mirándome.

Bueno, qué le vamos a hacer. Intercambiamos una sonrisita. No es el fin del mundo; nadie se da cuenta y a nadie le importa, aunque mi corazón esté a punto de estallar.

—¿A qué hora se supone que nos vamos? —Shannon se sirve un poco más de vino.

—Alrededor de las cinco o seis de la tarde. Si las carreteras están transitables —responde Mike—. Ahora mismo estamos un poco aislados por la nevada, pero las máquinas quitanieves se pondrán en marcha pronto.

Shannon junta las manos.

—Entonces, lo que quieres decir es que puede que esta no sea la última noche que pasamos aquí, pero también puede que sí.

—Exacto.

—Pues habrá que pensar en alguna actividad divertida que hacer.

Me rasco la punta de la nariz y, de repente, el olor de Jesse me envuelve por completo. Es una delicia. Cuando volvamos a la ciudad, iré al supermercado y compraré el mismo gel de baño que usa él.

—¡Ay! —Mila se inclina hacia delante—. ¿Y si hacemos otra maratón de películas?

—Veto cualquier cosa de *Transformers* —dice Kai.

—Jope, tío. —Ethan se recuesta en la silla, haciendo pucheros como si fuera un niño de cinco años.

—Es mejor así —lo consuela Shannon dándole palmaditas en la espalda—. Creo que he visto los DVD de Indiana Jones.

—Buena idea.

—Hace años que no veo *El templo maldito.*

—Vale, pero no vamos a ver *El reino de la calavera de cristal,* ¿verdad?

—Dios santo, no.

—Sigue siendo mejor que *Transformers.*

—Cierra el pico.

—A ver, chicos, no todas las películas de *Transformers* son iguales…

—Viola —interrumpe Mila, robándole una patata frita a Mike—. ¿Te parece bien ver las pelis de Indiana Jones?

—Pues… —Sonrío, echo la silla unos centímetros hacia atrás y me levanto—. La verdad es que estoy agotada. Creo que hoy me voy a acostar temprano.

Ethan me mira con el ceño fruncido.

—Has estado todo el día en la cama. ¿Te encuentras mal?

—Nah, solo tengo un poco de dolor de cabeza.

—¿No se suponía que esas migrañas tan bestias desaparecieron cuando empezaste a tomar la medicación?

—Sí. —Recojo mi plato vacío y el tenedor—. No creo que sea por eso. Solo necesito recuperar horas de sueño.

—¿Cuántas horas se pueden dormir en un día?

Me muerdo el interior de la mejilla.

—Las cuento y te digo.

—Lo entiendo —dice uno de los programadores de Nephilim con la boca llena de *focaccia*—. Los colchones de esta casa son la hostia.

—¿Qué dices? Son demasiado blandos. Cunas de escoliosis en potencia…

Me escabullo de la mesa mientras empieza una discusión sobre la salud lumbar, limpio el plato y cojo una botella de zumo de mango para llevármela arriba. Detrás de mí, veo que Otto está al lado de Jesse, inclinándose para hablar con él.

—Estoy dispuesto a olvidar lo que dijiste sobre *Fallout* y jugar a *Red Dead Redemption* contigo —le oigo decir. Su labio no tiene una mueca tan de disgusto como de costumbre—. Aunque estés equivocado. Y me caigas mal.

Cuando me doy la vuelta para ir a mi habitación, mis ojos se encuentran con los de Jesse. Tienen cierto brillo, uno que hasta hace poco no conocía.

—Muy generoso por tu parte —le oigo responder justo antes de salir del salón—. Pero no, gracias.

Capítulo 16

Esta mañana, temprano, hemos tenido una conversación entre susurros en la que hemos acordado que sería mejor no tener relaciones sexuales al menos hasta que volviéramos a Seattle y compráramos condones. Sin embargo, nos está costando resistirnos.

Llevo un DIU. Ninguno de los dos ha tenido nunca relaciones sexuales sin protección. Quizá sea un poco imprudente, quizá seamos unos irresponsables.

Vale, definitivamente somos unos irresponsables.

Aun así, hemos tomado una decisión. Jesse me come el coño hasta dejármelo hinchado y rosado, me abre con los dedos y se queda unos instantes dudando sobre si meterla o no, balanceándose mientras se sostiene sobre mí con los brazos temblorosos. Es como si temiera hacerme daño, como si pensara que, si se deja llevar, desapareceré.

Su autocontrol me resulta desesperante. También me parece adorable. Así que le susurro al oído:

—Déjame ayudarte. —Le rodeo las caderas con las piernas para obligarlo a penetrarme—. Puedes hacerlo —le digo casi sin aliento, porque sé que está a punto de preguntármelo. Parece preocupado, febril y un poco asalvajado, así que le doy un beso en la mandíbula, luego otro, e insisto—: Estoy bien.

—Vale —dice en un tono aireado, como si estuviera exhalando—. Estás bien. —Y entonces intenta empujar, retrocede un par de centímetros, empuja de nuevo y... Vale, quizá no estoy tan bien como pensaba.

—Espera. Espera. —Me arqueo, tratando de hacer más espacio, con miedo de que me vaya a reventar. Nunca me he sentido tan... Ni siquiera sé cómo me siento.

—¿Quieres que la saque? —pregunta con voz tensa. Agradezco la oferta, sobre todo porque suena muy sincera a pesar de no ser lo que él quiere.

—¿Es una opción siquiera? —pregunto con una sonrisa.

Él frunce el ceño.

—Claro que lo es. Si me pides que pare, siempre...

—Vale, vale. —Le empujo un poco el hombro, sudoroso y duro como una roca—. Déjame ponerme encima.

La verdad es que eso ayuda. Puedo ajustar la profundidad y el ángulo, y de repente el ardor se vuelve agradable. A Jesse también le gusta; me separa las piernas para ver cómo mis pliegues húmedos se abren para darle paso. Me aprieta los muslos entre gruñidos graves, más propios de un animal. Me inclino hacia adelante para darle un beso y consigo que se calme y que sus músculos pierdan parte de la tensión y el temblor.

—¿Está bien así? —le pregunto—. ¿Esta posición?

Él asiente sin abrir los ojos. Desliza las manos hasta mi cintura y luego baja para agarrarme con fuerza las nalgas. Es posible que me deje algún moretón. Espero que sí.

—No sé cuánto tiempo podré… —Aprieta la mandíbula—. La próxima ronda probablemente aguante más. Creo. Pero esta primera vez…

—No te preocupes. —Está tan profundo que siento que me va a salir la punta por la boca. Pero ya me estoy acostumbrando a su tamaño—. Puedes correrte si tienes ganas.

Jesse aprieta los ojos. Los músculos de su torso se contraen, tensos e inquietos.

—Que si tengo ganas… Uf, joder.

Creo que no estaba preparado para que empezara a moverme, pero no puedo evitarlo. Muevo las caderas buscando un buen ritmo, buscando la presión contra ese lugar dentro de mí. La sensación de ardor que me provoca tenerlo dentro es tan placentera que detenerme no es una opción. Bajo más hacia él y puedo sentir su corazón, un latido que se agita contra el mío, mientras el calor comienza a hormiguear en mi abdomen. Me muevo hacia arriba, luego hacia abajo, luego hacia arriba de nuevo.

—¿Así, Jesse? ¿Te gusta así?

No responde, pero su «sí» resuena en todo mi cuerpo. Entonces me agarra de las caderas y es él quien toma el control. Empieza a moverme como quiere alrededor de su polla y yo me olvido de cómo respirar. Gruñe, me muerde el hombro y, cuando está a punto de perder el control, desliza una mano entre nuestros cuerpos y comienza a acariciarme el clítoris con el pulgar, haciendo que mi orgasmo estalle en poderosas olas.

—Viola. —Respira contra mi boca y lo único de lo que soy consciente es de su tacto, su olor, su voz, el calor que se derrama en mi vientre—. Eres lo mejor de este puto mundo.

No oigo el resto, porque mi cuerpo comienza a contraerse y me corro en una oleada de placer. Me desplomo sobre su pecho, tratando de ahogar mis gemidos contra su esternón, y es entonces cuando Jesse también se corre. Lo siento sacudirse, balbucear algunas palabrotas y luego abrazarme aún más fuerte mientras palpita dentro de mí.

Acabamos hechos un desastre. Estamos pegajosos y húmedos por el semen, el sudor y algo más que podrían ser mis lágrimas, pero no quiero limpiarme nunca. Lo último que oigo antes de quedarme dormida encima de él, con sus dedos enredados en mi pelo, es el ritmo cada vez más lento de su corazón.

■ ■ ■ ■ ■

—¿Tienes hambre? —me pregunta un par de horas más tarde, cuando la casa por fin se ha quedado en silencio.

Bostezo en su cuello.

—No. La verdad es que no.

—Cuando te entre hambre, avísame. —Me acaricia el cabello con la nariz y decido que Jesse es el colchón más cómodo del universo, una mezcla perfecta entre suavidad y firmeza.

—¿En qué piensas? —le pregunto.

—¿En qué pienso?

—Sí, ya sabes... Sobre qué estás reflexionando. Rumiando. Contemplando. Meditando. *Cavilando.* —Le beso la base del cuello—. ¿En qué piensas?

—En nada.

Resoplo.

—No puedes decir que no piensas en nada.

—¿Por qué no?

—Es un delito. Grave.

—Pero es verdad. —Noto que su sonrisa se ensancha contra mi sien—. Lo normal es que piense en el trabajo o en lo que hay que hacer ese día o en si me he olvidado de pedir cita en el dentista. Esta noche, aquí contigo, solo pienso... en esto. En el ahora. —Sigue dibujando patrones con los dedos en mi zona lumbar. Llevamos tanto tiempo así que debería estar harta de caricias, pero con Jesse nunca es demasiado—. ¿En qué piensas tú?

Sonrío contra su piel.

—En si Otto y Mike estarán haciendo lo mismo que nosotros ahora mismo.

—Madre mía. —Me imagino la cara de horror que está poniendo—. Gracias por esa imagen mental, Viola.

Me río y vuelvo a dormirme con una sonrisa en la cara.

■ ■ ■ ■ ■

Me despierto a la mañana siguiente, cuando ya no está oscuro. Tengo a Jesse detrás de mí, bajo las sábanas, con una mano en mi pecho. Es un peso agradable que me aporta calor y confort.

—Buenos días —le digo, preguntándome si se percibe el deleite en mi voz.

—Buenos días. —Su aliento me hace cosquillas en el pelo de la nuca. Hay un momento de vacilación, luego noto que se aferra a mí con más fuerza—. Hueles de maravilla.

Es porque huelo a ti, pienso, aunque me quedo dormida antes de que las palabras salgan de mi boca.

Cuando vuelvo a despertarme, la mano de Jesse está presionándome el abdomen y nunca en mi vida me he sentido tan excitada. En cuanto exhalo el primer suspiro de necesidad, él se introduce en mí sin apenas esfuerzo. Llega hasta la mitad y se queda quieto. Una oleada de excitación me recorre cada vez que logra introducirse un centímetro más, una marea imparable que hace que mi piel se caliente y se estremezca.

Oigo un sonido extraño y ajeno, y me doy cuenta de que es mi propio gemido.

—¿Bien? —pregunta Jesse dándome un besito en el hombro. Cuando respondo con un «sí» entre dientes, me cambia de postura hasta que quedo medio tumbada bocabajo, con su pecho pegado a mi espalda y su cálido aliento en mi oreja—. ¿Y así?

Hundo la cara en la almohada, confundida por el placer.

—Es… —Empuja solo medio centímetro más y toca un punto clave dentro de mí. La sensación es demoledora. Una explosión nuclear—. A veces me da miedo que sea demasiado para mí.

—Pero no lo es.

Asiento sin aliento.

—Pero no lo es.

Me besa la base del cuello y luego resigue las venas con los dientes, como si quisiera encontrar mi esencia.

—Esta vez sí que voy a follarte como es debido.

Lo de anoche a mí me pareció más que debido, pero creo que sé lo que quiere decir. Ahora él está al mando. Se toma su tiempo, saborea cada embestida, entra y sale sin prisas. Me siento tentada de empujar contra su polla, pero en lugar de eso cierro los ojos, me quedo quieta y dejo que el placer me invada, respirando el espectacular aroma de Jesse, pensando en pinos de color verde oscuro y la nieve que cae.

—¿Pensabas en nosotros? —le pregunto—. Estos años, ¿te imaginabas haciendo esto? ¿Conmigo?

Su respiración está acelerada, pero es uniforme. Desliza un brazo por debajo de mi cabeza y me atrae hacia él.

—A todas horas.

—¿Qué...? Uf... ¿Qué imaginabas?

—No lo sé. —Desliza los dedos hacia abajo, dibujando lentos círculos alrededor de mi clítoris—. Que estarías calentita y húmeda. Que serías suave. Preciosa. Divertida. Perfecta. —Empuja un poco más profundo y se nos corta la respiración—. Esperaba mucho. Pero no... nunca tanto.

Una embestida perfecta y el placer me atraviesa. Jesse sigue moviéndose mientras yo tengo un orgasmo alucinante y, cuando termino, se rinde y se deja llevar por el suyo. En todo momento estoy sujeta a su antebrazo y le doy suaves y ligeros besos en el dorso de la mano.

■ ■ ■ ■ ■

—¿Cuándo leíste por primera vez la saga *Limerence?* —le pregunto después de acurrucar mi mejilla contra su pecho. Su palma me recorre perezosamente la columna y baja por mi espalda hasta llegar al culo. Estoy segura de que ya ha contado cuántas costillas tengo un par de veces, como si estuviera almacenando la información sobre mi anatomía para reproducir una réplica casi perfecta en su cerebro. Esboza una sonrisa burlona cuando le confieso que tengo cosquillas.

—Hace unos tres años.

—¿Tan poco?

—Sí. —Gira la cara lo justo para apoyar la nariz en mi pelo y respirar hondo. En respuesta, froto mi mejilla contra su piel.

—¿Qué te llevó a leerlo?

—Me lo recomendó una amiga. Dijo que tal vez me gustaría. Y que quizá me ayudaría.

—¿Que te ayudaría a qué?

—A procesar mis… sentimientos.

—Ah. —Levanto la cabeza y apoyo la barbilla en la palma de la mano. Siento un peso en el pecho al imaginar lo que ha pasado por la cabeza de Jesse durante los últimos años. Sé que no se ha quedado sentadito esperándome; ha tenido novias, amigas y compañeras de trabajo que lo quieren, además de aficiones, intereses y éxitos profesionales, pero no puedo evitar lamentar que el malentendido haya durado tanto tiempo—. ¿Le contaste lo de…?

—No entré en detalles. Solo le dije que había alguien que me gustaba desde hacía tiempo. Que no estaba en condiciones de dar el paso y que lo único que podía hacer era… esperar a que se me pasara. —Esboza una leve sonrisa—. Ella había leído los libros cuando era adolescente y le encantaban. Me los recomendó y los leí todos en menos de una semana. Y, cuando llegué al final, volví a empezarlos.

Asiento con la cabeza.

—La experiencia es muy diferente cuando los relees. Cuando ya has entendido lo que el autor pretendía hacer.

«Es una oda al poder del amor», eso es lo que dijo Jesse el otro día, ¿no?

Levanta la mano y me acaricia el pelo. Me recuerda a cómo me deshizo la trenza anoche, con sumo cuidado. Y a cómo me ha tirado del pelo hace un rato.

—¿Y tú? ¿Cuándo descubriste la saga?

—Mi padre solía leérmela en voz alta. Es posible que por aquel entonces fuera demasiado pequeña para entenderla bien, pero me encantaba. Incluso las partes más aterradoras y oscuras. Me olvidé de ella durante una década y media. Luego, cuando estaba en la universidad y él se puso enfermo, fui yo quien le leyó los libros en voz alta. Y ahora... Bueno, él ya no está, pero *Limerence* era algo nuestro. Y dado que heredé de él tanto mi amor por la saga como por los videojuegos, creo que estaría orgulloso de saber que su hija puede ser la que... —Trago saliva para combatir el nudo en la garganta. Necesito un momento para recomponerme, pero la cálida mano de Jesse no se aparta y me sirve como ancla—. Por eso tengo que hacerlo bien. Tiene que ser perfecto, pero...

—¿Pero?

—No sé. He estado revisando mis propuestas... —Niego con la cabeza.

—He visto tus propuestas, Viola. Son fantásticas.

—Lo sé —digo sin jactarme, y luego dudo. Hace cuarenta y ocho horas, habría preferido sacarme los ojos antes que confesarle cualquier duda a Jesse. Pero hoy siento que es mi mejor aliado. Ahora no me imagino ocultándole nada relacionado con *Limerence*—. Aqualuna era el personaje favorito tanto de mi padre como mío. Y quiero hacerle justicia. Pero lo que he escrito hasta ahora no ha captado del todo su esencia. Me falta algo y no consigo averiguar qué es. —Me encojo de hombros. Y luego me río, plenamente consciente de lo ridícula que sueno—. Lo estoy sobrepensando, ¿verdad? Siento demasiado apego hacia ella.

Jesse inclina la cabeza sobre la almohada.

—No creo que sea demasiado. Yo también siento que debo protegerla. Y a Noham.

Sonrío.

—Qué amable por tu parte fingir que no soy un bicho raro.

—No hay de qué.

Me vengo con un suave pellizco, pero la conversación me recuerda algo que habría considerado antes si no hubiera estado ocupada teniendo más sexo en dos días que en todo el año: la propuesta de Jesse de que Noham sea un personaje con el que también se pueda jugar.

O, para ser más precisa, mi reacción ante esa idea.

No me puedo creer que no se me hubiera ocurrido. Tampoco es que mi plan fuera eliminarlo por completo (Mike y Otto no saben de qué van), pero empiezo a preguntarme si en mi búsqueda obsesiva de la verdadera Aqualuna me he…

—Creo que quizá lo he descuidado demasiado —le digo con una seriedad repentina.

Él enseguida entiende a qué me refiero.

—¿A Noham?

Asiento mientras analizo las razones.

—La cuestión es que el amor entre Noham y Aqualuna parecía tan... tan bonito y poderoso, pero también condenado al fracaso. Y es que así es. Tienen una maldición, literalmente. Y el final de la saga duele. Saber que todo lo que pasan juntos culmina en sufrimiento duele. —Estoy hablando tanto conmigo misma como con Jesse. Barajando un montón de ideas y posibilidades—. Y como quiero tanto a Aqualuna, como quiero que sea feliz durante más que unos minutos, como es inevitable que la pérdida de Noham le rompa el corazón, lo he estado... dejando de lado. Como si reducir su papel en la vida de ella pudiera reducir su sufrimiento. Pero su disposición a amarlo es una parte muy importante de su carácter. Si le quito eso... Sí. Eso es. Por eso no me terminaba de cuadrar. Eso es lo que falta.

Jesse me mira como si lo entendiera a la perfección. Y eso hace que quiera besarlo aún más.

—Quizá lo que deberíamos hacer es...

Unos golpes en la puerta nos sobresaltan. Intercambiamos una mirada silenciosa. Entonces Jesse se levanta de la cama para ponerse los pantalones del pijama e ir a abrir mientras yo me escondo bajo las sábanas y me hago lo más pequeña posible.

—Hola. —Desde debajo del edredón, oigo la voz amortiguada de Mike—. ¿Estás enfermo o algo?

—No.

—Ah. Es que parece que acabas de levantarte.

—Sí. Me he quedado dormido.

—Genial. Sigues estando bien para conducir tu coche de vuelta, ¿verdad?

—Por supuesto.

—Perfecto. Las calles parecen transitables, aunque seguramente tendremos que tomárnoslo con calma. La idea es salir a las cinco.

Una pausa.

—Vale.

—Gracias. Ah, ¿has visto a Viola?

Jesse no duda.

—¿No está en su habitación? —Empiezo a darme cuenta de que domina el arte de esquivar y no responder preguntas.

—No. Quizá haya salido a dar un paseo o algo. Le enviaré un mensaje. Nos vemos luego.

Espero a oír el sonido de la puerta al cerrarse. Unos segundos más tarde, el colchón se hunde a mi lado. Salgo de la maraña de sábanas y me siento erguida mientras Jesse me mira en silencio.

—Me ha encantado tu interpretación de bulto inerte —dice apartándome el pelo de la cara.

—Gracias. Espero que no tarden mucho en contratarme en Broadway. —Me obligo a sonreír, aunque mis mejillas se resistan—. Conque al final sí que nos vamos hoy a casa.

Jesse asiente. Se le ve… Sí.

Exactamente como yo me siento.

Es absurdo que la perspectiva de volver a mi casa tranquila y vacía me pese en el alma. Y no es que piense que lo nuestro se acabará cuando volvamos o que Jesse me dejará plantada en cuanto lleguemos a Seattle. Lo conozco demasiado y sé que no me haría eso. Pero es que durante los últimos dos días hemos estado solos, en una burbuja, aislados de la realidad, y ahora…

Bueno. Los cambios forman parte de la vida y bla, bla, bla.

—Supongo que esto significa que tengo que ir a hacer las maletas —digo jugueteando con una esquina de la sábana. Jesse asiente de nuevo—. Y tú también tienes que hacerlas. —Me destapo—. Así que mejor te dejo tranquilo un rato para que puedas…

Me agarra de la muñeca y me atrae hacia él. Interrumpe la frase a base de besos y besos y más besos; no para hasta que me obligo a apartarme, aunque eso me haga sentir un vacío en el corazón y me llene los ojos de lágrimas.

Capítulo 17

♥♥♥♥♥

El viaje de vuelta a Seattle parece la versión contraria del viaje de ida a la casa rural.

Voy mirando de reojo a Otto y me doy cuenta de que sí que usa Grindr, pero sin mucho entusiasmo y solo entra una vez. La mayor parte del tiempo está leyendo las noticias, jugando al *Angry Birds* (sin sonido) o escribiendo algo en la aplicación de notas, solo una palabra aquí y otra allá. Quizá sea un poema de amor sobre el codo de Mike. Incluso inicia varias conversaciones conmigo sobre distintos temas y no parece que eso le suponga una tortura.

En el asiento de delante, Ashley se queda dormida a los treinta minutos de viaje. Ronca un poco y murmura algo sobre koalas y clamidia con lo que me resulta imposible no reírme.

Jesse conduce, callado, pensativo y tan guapo como siempre.

Creo que he acariciado esa mandíbula al menos una docena de veces, pienso mientras contemplo su perfil.

Esa pequeña marca roja en la base del cuello es obra mía.

Significa que es mío.

Me recuesto en el asiento y le miro las manos, que hacen que el volante parezca enano. Me siento feliz y reconfortada. Cuando suena mi canción preferida en la radio, sube un poco el volumen.

Sonrío y cierro los ojos.

■ ■ ■ ■ ■

Está oscuro cuando llegamos al aparcamiento de la empresa. Mi móvil hace mucho que se ha quedado sin batería, pero el reloj del salpicadero marca las 21:37, y tengo buenas razones para sospechar que, a diferencia de mí, Jesse es una persona responsable que lo atrasó cuando terminó el horario de verano.

Somos el último grupo en llegar, sin duda porque yo he pedido parar para ir al baño.

Ashley estaba más allá que aquí, Otto ha murmurado algo sobre tratamientos farmacéuticos para la incontinencia urinaria con un tono para nada sarcástico y Jesse ha parado en la gasolinera más cercana y ha entrado conmigo en la tienda para comprar un café solo para él y una bolsa de gominolas para mí. Me guardo las que quedan en el bolsillo del abrigo y salgo al frío glacial.

Mi coche está donde lo dejé hace cuatro días, igual de viejo y sucio. El cielo está despejado, pero tiene una capa de hielo en el techo y en las ventanillas, señal de que también ha nevado en la ciudad. Abro el maletero para que Jesse meta mi bolsa y limpio el parabrisas lo mejor que puedo. Me apoyo en la puerta del conductor y me pregunto si Ethan necesitará que lo lleve, ya que vivimos en el mismo complejo de apartamentos.

Entonces veo a Mike acercándose.

—StarPlay ha llamado mientras volvíamos —me dice sin preámbulos—. Querían saber si creemos que podemos trabajar con Nephilim.

Mi corazón deja de latir por un momento.

—¿Y tú les has dicho que…?

—Que el retiro ha sido un gran éxito y que estamos convencidos de que no solo será posible colaborar con ellos, sino que estoy seguro de que haremos un gran equipo. —Me da una palmada en el hombro mientras yo sigo tratando de analizar sus palabras—. Jesse y tú vais a ser los diseñadores encargados de liderar el proyecto de *Limerence 3*. Enhorabuena, Viola. Sé lo mucho que significa para ti, así que quería que fueras la primera en saberlo. Se lo diré al resto del equipo la semana que viene.

Lo veo alejarse, aunque su silueta está borrosa por las lágrimas que se le acumulan en los ojos. *Papá,* pienso. *Voy a hacer un trabajo impecable.*

A mi alrededor, los empleados de Nephilim y FlyButter se despiden. Ethan charla con Shannon, Ashley se ríe con Kai… A pocos metros de ella, Jesse parece ocupado: primero discute algo relacionado con el trabajo con Otto y Manny, luego habla con Mike sobre algo que les hace sonreír a ambos y, finalmente, ayuda a Clara a averiguar por qué su coche no arranca. Intento que no se note demasiado que lo estoy observando y me limito a echar miradas furtivas. No quiero irme sin despedirme de él. De hecho, no quiero irme sin él.

Y creo que él tampoco querría que me fuera sin más. Y lo peor es que, a pesar de todas las cosas que hemos hecho, no se nos ha ocurrido intercambiar el número de teléfono. Ni siquiera tengo su correo electrónico. Supongo que podría pedírselo a Mike, o al prometido de mi prima, pero...

—¡Viola! —Ethan se acerca corriendo y baja la voz—. Esta noche voy a, em..., dormir en casa de una amiga. Con lo cual no hará falta que me lleves.

Sonrío. En un susurro exagerado, respondo:

—Vale.

—Nos vemos en el trabajo, ¿vale?

—Claro. Diviértete con esa amiga que seguro que *no* es Shannon.

Me responde levantando el pulgar y se aleja. Me lo quedo mirando, meneando la cabeza, mientras tomo nota mental de este absurdo secretismo para cuando me pidan que haga un brindis en su boda.

—¿Tu coche está bien? —Me doy la vuelta. Jesse está justo detrás de mí, con su aliento formando una nube de vaho. Una vez más, no lleva chaqueta—. ¿Necesitas que te lleve?

—Ah, no. Estaba esperando a Ethan, ya que vivimos cerca, pero resulta que va a casa de Shannon y no necesita que lo lleven. —Me encojo de hombros y sonrío—. ¿Te apetece volver a cantarle las cuarenta por ponerme los cuernos?

Me dedica una mirada asesina y yo me río.

—Bueno, pues nada. —Aprieta los labios y mira a su alrededor. La mayoría de la gente ya se ha ido y los pocos que quedan están entrando en sus coches. Mila pasa con el suyo y nos saluda con una sonrisa cansada. Otto es el siguiente, y si cree que no vemos a Mike en el asiento del copiloto, está muy equivocado. Sigo su Tesla con la mirada y niego con la cabeza al ver su matrícula personalizada: «8OTTO8».

—¿Sabes que no tengo tu número de teléfono? —le pregunto a Jesse—. ¿Y que mi móvil está sin batería, por lo que ni siquiera puedo guardármelo?

—Hostia. Vale, dame un segundo y te lo apunto. —Señala en dirección a su coche, se da media vuelta y se aleja a paso ligero. Vuelve unos instantes después con un trozo de papel en la mano que acepto de buen grado.

—Por cierto, para que quede claro y estemos en la misma onda, lo que dije en la casa rural sobre lo mucho que me gusta tu juego iba totalmente en serio. *La espada de Zephyr* está sin duda entre mis tres favoritos. Y... estoy deseando trabajar contigo en *Limerence.*

Esboza una leve sonrisa.

—Lo mío también iba en serio.

Ladeo la cabeza.

—¿El qué?

—Lo que dije. En la casa rural.

Dijo tantas cosas. Y, sin embargo, preguntarle a cuál se refiere sería deshonesto por mi parte.

—Ah, ¿sí?

Él asiente con una expresión sincera y vulnerable que a estas alturas me resulta tan familiar como el aroma de su piel.

—Sobre lo que has dicho esta mañana acerca de Aqualuna y Noham… —Asiento para que continúe, curiosa—. Lo entiendo. Entiendo que no quieras condenar a los personajes a que acaben con el corazón roto. El final de la saga es muy doloroso. Así que estaba pensando que…

—¿Que cuando creemos el juego deberíamos escribir una línea argumental, solo una, en la que los personajes logran romper la maldición y terminan juntos?

Abre los ojos como platos.

—Pues… sí. Eso es exactamente lo que iba a decir. ¿Cómo lo has adivinado?

Sonrío mientras echo un vistazo al aparcamiento vacío y a las calles de alrededor. Es tarde, casi no hay tráfico, y tengo que concentrarme para recordar en qué día estoy.

Viernes. Lo que significa que tenemos el fin de semana por delante. Pero incluso la idea de que llegue el lunes no suena mal, nada mal, ahora que sé con quién voy a trabajar.

Miro el trozo de papel arrugado que tengo en la mano, lo abro y frunzo el ceño.

—Este no es tu número.

—Es mi dirección —dice él sin mostrar ni una pizca de vergüenza—. No necesitas mi número, Viola. Al menos por ahora. Sobre todo si me dejas tenerte tan cerca como quiero.

Bajo la cabeza, me río en silencio y pienso: *El puto Jesse Andrews. Me voy a enamorar de ti en un abrir y cerrar de ojos, y más te vale que no me dejes sola en esto.*

Así que me acerco a él. Apoyo la frente en su pecho. Y cuando me abraza, me limito a decir:

—Mejor vamos en tu coche.

Capítulo extra

Ella es la indicada.

Es la indicada y lo sé nada más empezar.

Puede que no tenga mucha experiencia —¿quién la tiene a los veintipocos años?—, pero soy capaz de ver su talento innato desde un primer momento. Su porfolio no está pulido, pero es creativo y más atractivo que el de ningún otro candidato. No hay nada demasiado llamativo, aunque me sumerjo en ese juego narrativo de acertijos que tiene una mecánica tan original que no logro descifrar cómo está construido. Hay algunas muestras de diseño de niveles que ojalá las personas con las que trabajo ahora fueran capaces de reproducir y un par de personajes diferentes de lo que me suelo encontrar con diálogos sorprendentemente auténticos.

Es a ella a quien tenemos que contratar, y durante casi una hora me quedo atrapado en el bucle atemporal de la mente maravillosa, fresca y diferente que ha creado todo esto. El sonido de una notificación me saca de mi ensimismamiento y me doy cuenta, con un poco de vergüenza, de que tengo la nariz a menos de dos centímetros de la pantalla.

Como siempre, muy bien, Andrews.

Me enderezo y abro el Slack de la empresa, donde encuentro un mensaje de mi jefe.

KEVIN: ¿Has podido echarles un vistazo a los candidatos para el puesto de desarrollador junior?

JESSE: Justo acabo de terminar.

KEVIN: Deberíamos entrevistar a los números 2, 17 y 35. ¿Estás de acuerdo?

Echo un vistazo a la lista. Ninguno de los candidatos que menciona Kevin me ha llamado la atención, pero no me sorprende, ya que yo valoro la capacidad de inventiva y la originalidad, y él se decanta más por... Sinceramente, no lo sé, y a estas alturas ya es demasiado tarde para preguntárselo.

Aun así, no me importa ceder. No voy a discutir con él por eso, y menos cuando tengo una petición.

JESSE: Claro. Y el número 12.

KEVIN: El 12... Recuérdame cómo se llama ese candidato.

Me doy cuenta de que no tengo ni idea. Tengo que salir de la demo y navegar hasta la sección «Sobre mí» del porfolio, que por desgracia es más escasa de lo que me gustaría. Viola Bowen. Nacida en Seattle. Excelente formación académica, excelentes prácticas. También hay una frase interesante sobre las adaptaciones de libros a videojuegos que me hace querer preguntarle más cosas. Hay una foto suya que es obvio que se la ha sacado algún amigo con un iPhone: una mujer de pelo castaño con los brazos cruzados delante de un fondo anodino. Parece joven, probablemente porque lo es. No sonríe del todo. Es guapa, aunque no me cabe duda de que eso no siempre ha jugado a su favor en esta industria.

Lo corrijo, tratando de disimular la mala hostia que me entra cada vez que me recuerda lo imbécil que es:

JESSE: Candidata

KEVIN: ?

JESSE: Candidato no, candidata. Se llama Viola Bowen.

KEVIN: Ah.
KEVIN: No sé yo si es buena idea.

JESSE: ?

KEVIN: No hay ninguna mujer en el equipo creativo. ¿Crees que es conveniente contratar a una? Lo más probable es que se encuentre sola y sienta que vamos en contra de ella o algo. Creo que es un riesgo innecesario.

Me paso una mano por la cara, imaginando lo placentero que sería hacer una captura de pantalla de esta conversación y usarla para empapelar toda la oficina de Recursos Humanos. Entonces recuerdo que no tenemos un puto departamento de Recursos Humanos. ¿En qué mundo se supone que yo debo ser el encargado de revisar las solicitudes de empleo? Estaría guay poder emplear mi tiempo en diseñar videojuegos en vez de coordinando las nuevas incorporaciones. Lo que pasa es que este estudio es pequeño. Y lo que es más importante: es un estudio que se gestiona como el culo. Porque el encargado de gestionarlo es Kevin, el cual, en la línea de muchos otros tíos del sector, es un gilipollas incompetente que ha triunfado en contra de todo pronóstico.

JESSE: Kevin, por favor, relee lo que acabas de poner y dime que te das cuenta de por qué está mal.

KEVIN: Supongo…

Prácticamente puedo oír su suspiro. Desde luego, el mío es mucho más profundo.

KEVIN: En fin, vale, podemos entrevistar a la chica si quieres.

Sí que quiero. De hecho, tengo hasta ganas de que llegue el día. Acordamos una fecha de la semana siguiente para llevar a cabo la entrevista y me paso varios días nervioso, expectante por conocerla y a la vez con miedo de que otra empresa menos desastre que la nuestra la contrate antes. ¿Y si empieza a buscar fuera de Seattle? Incluso si decide quedarse por aquí, sé a ciencia cierta que FlyButter está contratando a gente, o a punto de empezar a hacerlo. ¿Habrán publicado ya el anuncio? Mike es mucho más fácil de tratar que Kevin. La verdad es que lo mejor para ella sería irse con FlyButter.

No obstante, en los correos que me ha mandado se nota que está encantada con la idea de hacer una entrevista en persona. No puedo evitar abrir su porfolio más veces de las necesarias para hacerme una idea de cuáles son sus habilidades como desarrolladora júnior. Uno de los personajes que ha diseñado tiene un rasgo peculiar sobre el que me encantaría preguntarle. ¿A qué videojuegos jugaba cuando era pequeña? ¿Qué fue lo que la llevó a querer dedicarse a diseñarlos ella misma? Necesito saber más sobre esas adaptaciones basadas en libros que ha mencionado.

Aquí nos dedicamos sobre todo a juegos de combate, y a mí me gustan los combates (bueno, vale, más bien me *flipan* los combates), pero incluso yo debo admitir que nuestros últimos proyectos han sido cutres y aburridos. Un cerebro cargado de ideas nuevas y brillantes puede que sea justo lo que este estudio necesita. Si alguien como Viola, Viola Bowen, se uniera a nosotros, quizá no tendría que autoconvencerme de no dimitir al menos una vez por semana.

Sí, yo creo que puede funcionar.

En resumen, mis expectativas en lo que a esta chica respecta son altas. Y, aun así, cuando llega la mañana de la entrevista, las sobrepasa de largo en todos los sentidos. Aunque algunos puede que no sean del todo buenos.

Llega puntual y se queda un momentito parada al entrar en la sala de reuniones. Yo estoy ocupado limpiándome las gafas con la camiseta, lo cual significa que en un primer momento no logro distinguir mucho más que una forma humana con el pelo oscuro. Pero entonces me las pongo y mi mundo entero colapsa.

No es que sea guapa. Es que es preciosa. La chica más bonita que he visto en mi vida. Es radiante. Irresistible. Única. La princesa por la que el héroe avanza por los niveles derrotando a guardias, escapando de mazmorras y venciendo a la muerte. No, mejor aún: es la princesa que acompaña al héroe y mata a bestias aladas y de dientes afilados para ayudarlo a llegar a la fortaleza. Sí. Mucho mejor.

Si alguien me pidiera que diga qué es lo que me llama tanto de ella, no sabría explicarlo. Pero eso no implica que me atraiga menos. Lo único que sé es que, al mirarla, esa sensación florece en mí; suscita una impresión general de perfección que debería considerarse ilegal por lo peligrosa que es.

Son las nueve de la mañana y puede que ya esté jodido de por vida.

Ella camina hacia nosotros y yo me levanto sobresaltado como acto reflejo. No sé muy bien lo que hago, así que opto por estrecharle la mano. La tiene pequeña y fría. Todo el proceso no dura más de un par de segundos, pero es suficiente para que me imagine un guion completo sobre cómo podría ser el resto de nuestra vida, con montaje de vídeo incluido. Veo citas en restaurantes de ramen junto a tiendas de cómics, campañas de juegos de mesa, emoticonos de corazones en la bandeja de mensajes directos de

Discord; discusiones acaloradas sobre qué personajes deberíamos emparejar en *Bladur's Gate 3,* noches en la cama viendo vídeos de diferentes *streamers,* unos auriculares absurdamente caros como regalo de primer aniversario…

No me da tiempo a imaginar más allá, y menos mal. Me siento de nuevo junto a Kevin, convencido de que estoy teniendo uno de esos derrames cerebrales transitorios que no son graves, pero que te dejan un poco cucú. Normalmente soy mucho más sensato. Me sé controlar. No juego a las casitas en mi cabeza con futuras compañeras de trabajo.

Aunque ella no lo va a ser. A los pocos minutos de la entrevista, cuando por fin logro que su voz grave y el lunar de su mejilla dejen de distraerme lo suficiente como para prestar atención, se hace evidente que Viola Bowen no va a trabajar conmigo en un futuro próximo.

Porque Kevin, como siempre, la está cagando.

Oigo cómo insinúa de forma poco disimulada que nuestro estudio puede que sea demasiado «masculino» para ella, y en mi cerebro saltan todas las alarmas. Luego decide decirlo tal cual y el resto sucede muy rápido: la mirada despectiva de Viola, mi recordatorio a Kevin de que es opcional ser un imbécil en esta vida…

Lo único que quiero es salvar esta entrevista. Estoy dispuesto a arrodillarme y disculparme en nombre de este capullo. A ofrecer sus testículos en bandeja de plata como muestra de buena voluntad. A jurarle que, si acepta el puesto, me aseguraré personalmente de que nunca tenga que interactuar con él; de hecho, ¿y si me quedo con ella todo el tiempo para facilitar la transición? Podría ser su guardaespaldas personal. Protegerla de esta mierda de situaciones. Me suena al trabajo ideal.

Sin embargo, ya es demasiado tarde. Viola ha salido por la puerta.

—Eres un impresentable, Kevin —espeto. La sigo antes de oír su respuesta y salgo corriendo por el vestíbulo para alcanzarla.

Más despacio, me digo a mí mismo. *Ve más despacio.* A nadie le gusta que le acosen treinta segundos después de haber sufrido discriminación laboral. Pero me da tanto miedo que desaparezca entre la multitud de Seattle que me es imposible dejar de correr hasta que estoy frente a ella. Con la parte izquierda de mi cerebro, estoy redactando la carta de renuncia, incluyendo varias menciones a lo incompetente que es Kevin. Con la derecha…

¿Qué parte del cerebro es la que se enamora a primera vista?

—Oye, perdona. —Le bloqueo el paso con mi cuerpo. Cuando levanta la vista y nuestras miradas se encuentran, siento una descarga eléctrica—. ¿Estás bien?

Ella resopla.

—¿Tú qué crees?

—Que no. Claro que no.

—Correcto. Porque tu jefe es un imbécil.

—Ya, lo sé.

Observo su boca seria. El ceño fruncido. Las ojeras que tiene me indican que no ha dormido mucho. Lleva la ropa algo arrugada y se está presionando la sien con la palma de la mano, como para ahuyentar un dolor de cabeza. Parece no estar en su mejor momento.

Aun así, doy un paso atrás. Porque lo cierto es que, aunque Viola Bowen es más joven, tiene menos experiencia y está claramente hecha polvo, me siento un poco intimidado por ella.

Nos hemos adentrado en territorio de chicas de ensueño.

—Kevin es insoportable y tienes todo el derecho del mundo a quejarte.

—Ya, bueno. Por desgracia, también tiene la potestad de darme el trabajo de mis sueños, así que…

La derrota en su voz es deprimente. Hasta tal punto que lo que sale de mi boca es puro autosabotaje.

—No, qué va.

—¿Perdón?

—Eres demasiado buena para este trabajo, Viola.

Arquea las cejas.

—¿Por qué lo dices?

—He visto tu porfolio. —Trago saliva—. Hay otros estudios en los que seguro que te tratarán mejor.

Por primera vez desde que ha llegado, me mira con un destello de interés. De repente, formo parte de su mundo, una parte cuya existencia se reconoce y se evalúa. El corazón se me acelera de lo mucho que deseo que me considere digno.

—¿Pero tienen vacantes disponibles esos otros estudios? —Viola inclina la cabeza y yo tengo la sensación de estar viviendo una experiencia religiosa.

—Pronto las tendrán.

—¿Quiénes?

Su atención hacia mí me aturde. Es como una droga. Probablemente sea la razón por la que no siento pena al tirarme piedras sobre mi propio tejado y contarle lo de FlyButter.

Después le doy algunos consejos para mejorar su porfolio y llamar la atención de Mike. Intento mantener las distancias, no mirarla demasiado. Parece agotada. Lo está, a juzgar por el bostezo que se le escapa. Será mejor que deje de agobiarla.

—Perdona, es que estoy cansadísima. No me puedo creer que me quedara despierta hasta las tantas para impresionar a ese capullo.

—No pasa nada —contesto. Y la frase siguiente sale como una catástrofe natural: en el lugar y momento equivocados. No puedo hacer nada para evitarlo, soy el primer sorprendido al oírme preguntar—: ¿Te apetece que vayamos a tomar un café?

No diría que suelo tener mucho éxito con las chicas, pero he invitado a salir a las suficientes como para saber que estoy haciendo un papelón. Es por la forma en que sale la pregunta, demasiado rápida y fuera de lugar. Tremendamente inapropiada. Vergonzosa. Pero es que su voz, la forma en que gesticula con las manos, el cuello de su camisa, un poco torcido... Puede que sea la mujer más atractiva que he visto nunca, y nos imagino a los dos hablando durante horas sobre sus próximos pasos, sobre los Kevins del mundo, sobre lo que hace que una campaña de *Dragones y mazmorras* sea un éxito, sobre cosas de lo más banales...

—Uf, no. No te preocupes, no me voy a quedar dormida mientras conduzco. Porque no tengo coche, principalmente.

Sonríe por primera vez y me quedo cegado. Casi me tumba. La euforia que me produce es droga de la buena. Hasta que registro el significado de sus palabras.

—Ah.

Siento el rechazo como si fuera un golpe físico, pero consigo no retroceder y mantener la compostura. Claro que no. ¿En qué coño estaba pensando al invitarla a salir después de este desastre?

La culpa ha sido mía por no pensar. Estaba demasiado ocupado deseando.

—Lo siento. Te pido disculpas por…

—Qué va, a menos que seas ventrílocuo y Kevin sea un títere en secreto, no es culpa tuya.

Es evidente que no sabe por qué me quiero disculpar. Pero entonces sigue hablando, me cuenta que lo que acaba de pasar ni siquiera es lo peor que le han hecho los hombres de esta industria, y, cuanto más habla, más convencido estoy de que me está advirtiendo para que me aleje de ella. Me lo merezco, la verdad.

Y, aun así, tengo un «Si cambias de opinión…» en la punta de la lengua.

El caso es que ni siquiera yo sé cómo terminar la frase. *Si cambias de opinión, ese café sigue sobre la mesa. Si cambias de opinión, solo tienes que decirlo. Si cambias de opinión, probablemente lo deje todo y venga a buscarte. Solo tienes que chasquear los dedos.*

Nada de eso es lo que debería decir. Así que, unos minutos más tarde, me conformo con despedirme de ella con un «Nos vemos». La observo salir del vestíbulo con una actitud más confiada y cargada de esperanza. Me dice adiós con la mano desde el otro lado de la puerta de cristal mientras se apresura a cruzar la calle aprovechando que el semáforo está en verde. Me trago mi decepción y respiro hondo.

Vale. Quizá Viola Bowen no sea la indicada.

Aunque, por un momento, sentí de verdad que podía serlo.

Agradecimientos

Estoy muy agradecida con mi equipo de Spotify (Henna Silvennoinen, Bethany Strout, Colleen Prendergast, Rinn Kraus, Leah Kleynhans, Jeffrey Jordan, Christopher Sutton, Taylor Barnes, Jessica Dugan, Kate Dilyard y Chantelle Young) y con el de Berkley (Sarah Blumenstock, Liz Sellers, Cindy Hwang, Vikki Chu, Daniel Brount, Jennifer Myers, Christine Legon, Bridget O'Toole, Kim-Salina I, Kristin Cipolla, Tawanna Sullivan y Christine Ball), así como con Kelsey Navarro Foster por la narración del audiolibro. Como siempre, mil millones de gracias a lilithsaur por esta cubierta tan bonita y a Thao por ser la mejor agente del mundo mundial. También quiero dar las gracias a Shep por asesorarme con el tema de los videojuegos, a S. por asesorarme aún más con el tema de los videojuegos y a Jessica Story-Johnson y su marido por esa sesión de lluvia de ideas en Belmont tan provechosa.